一半是爱，一半是自由

日常生活的艺术

[意] 卢西亚诺·德·克雷申佐 著

赵振华 译

COSÌ PARLÒ
BELLAVISTA

ART

中国出版集团 现代出版社

版权登记号：01-2021-5041

图书在版编目（CIP）数据

一半是爱，一半是自由 /（意）卢西亚诺·德·克雷
申佐著；赵振华译 . -- 北京：现代出版社，2021.8
　　ISBN　978-7-5143-9336-1

　　Ⅰ . ①一… 　Ⅱ . ①卢… ②赵… 　Ⅲ . ①随笔—作品
集—意大利—现代 　Ⅳ . ① I546.65
　中国版本图书馆 CIP 数据核字 (2021) 第 144897 号

Original Title: COSÌ PARLÒ BELLAVISTA

© 1977 Arnoldo Mondadori Editore S.p.A., Milano.

© 2015 Mondadori Libri S.p.A., Milano.

The simplified Chinese translation rights arranged through Rightol Media
（本书中文简体版权经由锐拓传媒取得 Email:copyright@rightol.com）

一半是爱，一半是自由

著　　者：〔意〕卢西亚诺·德·克雷申佐
译　　者：赵振华
策　　划：王传丽
责任编辑：王　羽
封面设计：所以设计馆
出版发行：现代出版社
通信地址：北京市安定门外安华里 504 号
邮政编码：100011
电　　话：010-64267325　64245264（传真）
网　　址：www.1980xd.com
电子邮箱：xiandai@vip.sina.com
印　　刷：三河市宏盛印务有限公司
开　　本：880mm×1230mm　1/32
印　　张：6.75
字　　数：148 千字
版　　次：2021 年 10 月第 1 版　　印　　次：2021 年 10 月第 1 次印刷
书　　号：ISBN 978-7-5143-9336-1
定　　价：55.00 元

前　言

　　随笔还是小说？本书的奇数章节属于随笔，尽管它们是以对话体形式写成的；偶数章节则属于叙事文学，它们都是发生在那不勒斯的真实故事，有的是以第一人称讲述自己的亲身经历，有的则是从当地新闻报道或民间故事收集而来。马罗塔和柏拉图在本书起着向导性的作用：马罗塔使内容变得生动有趣，柏拉图引导着贝拉维斯塔教授和学生之间的对话。教授充当着苏格拉底的角色，而他的学生们有点像失业的哲学家。希望上帝和读者们能理解我做这样的比较，这里是对体裁类型进行比较，并非"内容"的对比。

　　读者既可以只读本书的偶数章节，也可以根据自己的兴趣阅读奇数章节。本书以古代几何课本的形式呈现，偶数章节讲述的那不勒斯奇闻逸事都体现了奇数章节阐述的哲学观。例如，在教授阐述爱与自由的关系的章节中，他提出的哲学道理都能在偶数章节的奇闻逸事中得到体现。

　　我在米兰工作时有了写这本书的念头。有一天，我的一位米兰同事决定和家人一起去那不勒斯过复活节，他从来没有离开过意大利的"工业三角地带"。我十分在意他对我的家乡可能产生的第一印象，因此整个圣周我对他和他的家人进行了一系列关于那不勒斯风土人情的普及教育。我向他们展示了那不勒斯小巷子的照片，介绍了那不勒斯独一无二的手工艺，解释了什么叫"毫无隐私"，一直讲到"想想健康"和"孩子的父亲"的修辞含义。当他们回到米兰后，我意识到我的一些忠告相当有意义，也许是我的话使他们对那不勒斯产生了一种友善的感情，为他们更好地了解那不勒斯做了充足的铺垫。

我深知写这些东西会使我成为当下那不勒斯主流知识分子攻击的目标。他们认为，大众对那不勒斯的风俗文化和"永恒的蓝天"充满了误解，这也是那不勒斯最大的敌人。为了不招致同样的责难，我希望读者阅读本书时不要只停留在前四五个章节，如果这本书还符合大家的胃口，请多一些耐心坚持读到最后。读这本书就像读精彩的悬疑小说，只有在结尾才能找到对"东西"的完整而详尽的解释（正好就出现在最后一章）。

那不勒斯当代文学已进入了更迭期：从19世纪中期到20世纪40年代，那不勒斯涌现出一大批优秀的诗人、音乐家和画家。全世界对那不勒斯的印象，就像著名民歌《这是太阳之城》里唱的那样："这是海滨之国，这里回荡的语言苦中带甜，但它们都是关于爱的语言。"在这场曼陀林音乐会中，唯一"不和谐"的音符就是马蒂尔德·塞拉奥。我总是乐此不疲地向所有想深入了解那不勒斯的人推荐她的书：
《那不勒斯深处》。当同时代的其他作家毫不吝啬地赞美那
不勒斯时，塞拉奥却以独特的视角描绘了一个与众不同的那
不勒斯。第二次世界大战后，那不勒斯文学潮流忽然发生了
逆转：赞美海洋、太阳和那不勒斯人的文学作品会遭到唾弃！
马拉巴特、路易吉·孔巴涅、安娜·玛利亚·奥尔黛珊、多
米尼克·雷亚、拉斐尔·拉·卡普里亚、维托里奥·维维亚
尼等，他们想要去除那不勒斯的虚伪装饰，但随着虚伪装饰
一起脱落的还有那不勒斯人的脸面。他们即使失去了曼陀林
和吉他，在任何场合也都保持着自己的本色。第二次世界大
战后的消费主义极大地刺激了大众的消费欲望，19 世纪油画
里的赤脚水手形象深受当时的诗人喜爱，但他们的继承者穿
着牛仔裤和尖头皮靴、背着包、总把晶体管收音机开到最大
音量却并未得到大众的认可。这个时期也只有一个"不和谐"
的音符：作家唐·朱赛佩·马罗塔，他坚持用充满诗意的、
永远温柔的笔描绘他眼中的那不勒斯，以及那里的马特德街
区、圣路济亚区的帕洛奈托街。

　　在此，我想厘清一个概念：对我来说，那不勒斯不仅仅
是一座城市，所有人都或多或少地有着那不勒斯的特点，这
和他是不是那不勒斯人毫无关系。我极力反对所谓的"那不
勒斯式"与大众之间的假想联系。我认为，如果人们不放弃
早已习惯的生活方式、态度、思想和传统等，却希望提高生
活水平，这是痴人说梦。有时候，我甚至觉得那不勒斯也许

才是人类最后的希望。

　　很明显，我之前提到的那些名人都曾全心全意地爱过、如今仍然爱着那不勒斯：奥尔黛珊、雷亚、孔巴涅等。但是，他们希望方言消失，因为他们认为这就像是在驱逐一个魔头，有利于那不勒斯人更好地融入意大利这个国家。但在我看来，这就好比因为爱得太深却要杀人。若从这个角度来考虑，那我们为什么不直接改说英语，毕竟现在意大利的政治经济也没有那么显眼，取而代之的是欧洲。塞尔瓦托·帕隆巴是我的朋友，同时也是一位细腻敏感的那不勒斯诗人。他几天前向我读了西西里诗人伊格纳齐奥·布蒂塔的这些诗句：

一个人
被锁链捆住
被洗劫一空
被封住嘴巴
他依然是自由的

被抢走工作
旅行的护照
吃饭的桌子
睡觉的床铺
他仍然是富有的

一个人

当他遗失了

永远失去了

从父辈处继承的语言

才会变成奴隶和穷人

　　我希望能直接用方言写我的"东西"，同时又渴望让我的那不勒斯以外的朋友们能听懂，因此我想出了一种特殊的写作方法：我先用方言在录音机前朗读所有文本，然后逐字逐句地把这些那不勒斯词汇翻译成对应的标准意大利语，以便所有的对话都能保持那不勒斯方言的语法结构。

　　想要更好地融入那不勒斯当地氛围的读者可以尝试在阅读本书时，在脑海里想象那不勒斯方言的语音语调。

　　好了，现在我们把话语权留给贝拉维斯塔教授，门卫助理塞尔瓦托和萨维里奥。萨维里奥在现实生活中叫根纳里诺·奥里玛，没有固定的工作，并且像他自己所说，他总是有空。

卢西亚诺·德·克雷申佐

罗马，1976 年 10 月

目录

第 1 章　塞尔瓦托

> 在那不勒斯，每个人都生活在自我陶醉中，
> 我也不例外。到了那不勒斯之后，我仿佛摇身
> 一变，成了另外一个人，一个自己完全不认识
> 的人。昨天，我自问道，我以前就这么疯狂，
> 还是到了那不勒斯之后才变得如此呢？
>
> ——沃尔夫冈·歌德《意大利游记》

　　我、帕撒卡博士、塞尔瓦托和一个陌生人坐在彼特拉克路 58 号居民楼的门房前闲聊。帕撒卡正好住在这栋楼的 4 楼左门，那位陌生人来这里打听一套要出租的房子。

　　塞尔瓦托是彼特拉克路 58 号居民楼的门卫小助理，真正的门卫是唐·阿曼多。除了塞尔瓦托，唐·阿曼多还有一位名叫费迪南多·阿莫迪奥的助理。换句话说，58 号居民楼有一名正式门卫和两名临时的门卫助理。费迪南多十分奇怪，身体壮如牛，却整天坐在椅子上，屁股绝不会离开椅子一秒钟，从来没有人看见他站起来的样子。即便是圣诞节问别人要小费，他也不肯动一动屁股。

门卫唐·阿曼多待人接物颇有绅士风度。作为这里的正式门卫，他免费住在一楼的一套公寓里。每次有新搬来的居民，他都不厌其烦地和对方诉说自己的不幸身世：

"我从小家境殷实，我家在那不勒斯的博尔戈·洛雷托区拥有3套房子。我爷爷无须工作，靠收取房租就能让全家人过上衣食无忧的生活，而我爸爸是一家自来水公司的会计。自从我爷爷和一位心术不正、道德败坏的律师成为无话不谈的好朋友后，我家隔三岔五地就能收到法院的各种传票。没过多久，我爷爷和爸爸都相继去世了，接着家里的所有房子也都被法院没收了。后来，我不得不搬到了巴尼奥利路17号，伊尔瓦钢铁厂就在附近，我日日夜夜地呼吸着钢铁厂排出的废气。直到某一天，一位好心的熟人给我介绍了门卫的差事，也就是现在的这份工作。这位熟人劝我要忘记曾经优越的生活，放下自己的面子和身段，不要再把自己当成贵族，要面对现实，接受家境衰败的事实。我觉得他说得很在理，于是就来这里当上了门卫。透过门房的窗户就能看到雄伟壮观的维苏威火山和迷人的卡布里岛，这一刻我感觉自己就像是意大利的总理！不，我感觉自己就是意大利的总统！你看，费迪南多每天一动不动地坐在门房的那把椅子上，虽然他从不会挪动半步，却帮了我不少忙。我敢拍胸脯保证说，费迪南多绝对是那不勒斯最敬业的门卫，他绝不会离开门房半步。不管发生什么事情，他都会纹丝不动地坐在那把椅子上。"

费迪南多每天守在门房里，不肯挪动半步，看着人进人出，而塞尔瓦托就负责需要跑腿的工作。作为回报，费迪南多就把自己的一部分工资给塞尔瓦托。

费迪南多曾经和我解释过这么做的理由：

"我是个光棍儿，家里也没有老婆来操持家务。58 号居民楼的楼道总得有人打扫吧？我自己实在不想动弹，那我就把薪水分给塞尔瓦托一部分，让他帮我做那些要动弹、跑腿的活。"

我们不禁要问，3 个成年人靠门卫或门卫助理这份微薄的薪水怎么能活得下去呢？近一个世纪，成千上万的那不勒斯人靠着几千里拉的月薪根本无法养家糊口，他们会想方设法地找各种临时工作，赚一些小钱，补贴家用，才能勉强度日。

彼特拉克路 58 号居民楼的 3 位门卫也是普普通通的那不勒斯人，他们当然也不会错过任何赚钱的好机会。除了门卫或门卫助理的本职工作，他们还会给附近居民充当临时用人，帮忙介绍手工匠人，为买家和卖家牵线搭桥，促成房子、二手车、汽艇、小道消息或商业信息的交易，他们自己从中获取一点儿中介服务费。

第 2 章　睡在车里的流浪汉

思冠廖先生特别细心，他的时间观会精确到秒。他今年虽然已经 46 岁了，但一直未婚，与姐姐罗莎女士共同经营着一家五金染料店。商店位于托莱塔路 282 号，距离梅尔杰利纳火车站只有几步之遥。自从父亲过世后，思冠廖先生每天早上雷打不动地在 8 点 20 分出门，去芬塔娜咖啡馆喝杯咖啡，吃个羊角面包；9 点分毫不差地到达五金店，这样的生活他坚持了 20 年。罗莎女士嫁给了在市政府工作的卡路奇先生后，生了 3 个孩子。她每天早上给丈夫和孩子做好早餐、目送他们出门后，自己再去五金店里帮助弟弟打理生意。

思冠廖先生打开防盗卷帘，坐在收银台旁，一边热情地招呼着进进出出的顾客，一边很警觉地盯着顾客们的一举一动。罗莎女士经常唠叨说，她弟弟就是太善良了，现在物价上涨得飞快，他必须得盯紧顾客，要不然碰上小偷，假装进店买东西，最后随便偷走一把英国制造的扳手，那就直接损失 5000 里拉。中午 1 点，思冠廖先生就把防盗卷帘拉下来午休一会儿，姐姐罗莎就在商店的小隔间里用迷你烤箱给他随便做点儿吃的填饱肚子，然后小跑回家，给老公和孩子们做午饭。思冠廖先生吃完饭后，便在折叠床上小憩一会儿。折叠床周围还堆满了油漆罐、水龙头、金属管等商品。

晚上 8 点，思冠廖先生准时打烊，开车穿过泊斯利普大街，大约 20 分钟后，到达圣路易基广场，转进一条小胡同，刹车熄火。4 年前，他买了这辆菲亚特 1000 折叠座椅式小汽车，行驶总里程还不到 1 万公里。它大多数时间都是停在楼下。思冠廖先生回家后随便吃点什么，看一会儿电视就早早地上床睡觉了。躺在床上，他还要对圣母马利亚祈祷：感谢圣母，今天平安无事，希望您也保佑我明天能一切正常等。

大家肯定很疑惑，我为什么要提及这位思冠廖先生呢？他一成不变的生活作息持续了 20 年，从没有例外，晚上回家后绝不会再踏出家门一步，去电影院或是和亲朋好友一起吃饭更是想都别想。每周日早上都会去教堂做弥撒，然后买意大利面、两个巴巴朗姆酒小蛋糕、两个那不勒斯奶油松饼和一份《晨报》，带着这些东西去姐姐罗莎家吃午饭。当姐姐在厨房里忙活时，他和姐夫在客厅里玩纸牌。吃完午饭，就回到家里，打开电视看足球比赛、《旋转木马》（Carosello）娱乐节目和周末体育新闻。

俗话说："天有不测风云，人有旦夕祸福。"上个周四半夜 1 点半，一阵急促的电话铃声吵醒了睡梦中的思冠廖先生。他迷迷糊糊地起床接了电话，是姐夫卡路奇先生从洛雷托医院打来的。罗莎因为肚子疼得厉害，连夜去医院接受检查，医生说是急性阑尾炎发作。

思冠廖先生在电话里半睡半醒地说："我穿上衣服，马上就去医院。"穿上外套、出门、下楼，走到平时停车的地方，却没有看到自己的车。更神奇的是，在平时停车的老地方却有一辆用深色篷布遮盖的车。他一头雾水，想不明白到底发生了什么。他把那辆汽车前前后后打量了一番，小心翼翼地揭开了深色篷布的一角，吃惊地发现正是自己的车，里边居然还睡着一个陌生人。这人是杰那罗·埃斯波西托，无业游民，每天晚上11点半准时出现在思冠廖先生的车里。杰那罗把思冠廖先生的生活规律摸得一清二楚，每天晚上从随身的行李箱中取出睡觉的必需品：枕头、毯子、床单和闹铃。当闹铃准时在6点半发出起床的叫声时，杰那罗便立刻起床，先把自己的东西放回行李箱里，再把汽车座椅调整到正常的位置。他甚至还有一把小刷子，在离开之前会仔细地把车里的灰尘打扫干净，不留下任何痕迹。说实话，杰那罗也不可能不留下一丁点儿痕迹，车里肯定有他身上的味道。只不过思冠廖先生早已习惯了这种气味，把它当成了汽车本身的气味。

当思冠廖先生发现无家可归的杰那罗睡在自己的车里时，不难想象出他的惊讶程度。如果说杰那罗没有固定的居住场所，似乎也不完全正确，毕竟车牌号为NA294082的菲亚特汽车是他的夜间固定休息场所。一脸惊讶的思冠廖先生吼醒了熟睡的杰那罗，但杰那罗满脸疑惑地问道：

"思冠廖先生，大晚上的您怎么会在这里呢？"

"我姐姐身体不舒服，正在洛雷托医院接受检查。"

"谁？您说的是罗莎女士吗？那她现在的情况怎么样了？"

"你是谁啊？你怎么会睡在我的车里？"

"您现在就不要管我是谁，您快点告诉我，罗莎女士到底怎么样了？"

"我也不清楚具体情况，好像是急性阑尾炎。你到底是谁？你怎么会睡在我的车里？"

"您现在就不要管我到底是谁了，我就是占了您一点点的小便宜。快别浪费时间了，罗莎女士才是最要紧的。你刚才说在哪家医院？"

"洛雷托医院。"

"好，我现在马上陪您去医院！"

"你陪我去？你到底要干什么？"

"您大半夜被电话吵醒，所以思绪有些混乱。不过别担心，您不会一个人去医院，我会像家人一样陪在您身边。"

"像家人一样？"

"对啊，我有义务陪您去医院。"

思冠廖先生和杰那罗一起去了医院，一起选择了某位外科大夫作为罗莎女士的主治医生，一起守在手术室外等待结果。那天夜晚，杰那罗的陪伴确实让思冠廖先生感到了温暖。当两个人告别时，杰那罗虽然无儿无女，但是发誓以后绝不会偷偷地在车里过夜，要不然自己的孩子会遭天打雷劈。尽管杰那罗的誓言没有半点虚假，但思冠廖先生还是卖掉了菲亚特1000，又买了一辆小轿车。

第3章　萨维里奥

> 远远望去，城市就是城市，乡村就是乡村，
> 千篇一律。但是，如果走进乡村，人们就能看
> 到房子、树木、砖瓦、树叶、草地、成群结队
> 的蚂蚁等，这些东西共同构成了乡村。
>
> ——布莱士·帕斯卡《思想录》第60章

"你们认识贝拉维斯塔教授吧？"

"说实话，我不认识这位教授。"

"天哪，作为那不勒斯人，你们居然不知道鼎鼎大名的贝拉维斯塔教授！他可是对那不勒斯了如指掌。你们可不要小瞧他。工程师，我不是不尊重您，贝拉维斯塔教授能回答出任何关于那不勒斯的历史、地理问题，除非他喝醉了，脑子不清醒，那另当别论。有人建议贝拉维斯塔教授去参加《离开或闯关到底》这档竞赛节目，他因为不喜欢电视而婉拒了这么好的提议。"

"贝拉维斯塔教授到底牛在哪里呢？"

"他是哲学教授，现在已经退休了。他和妻子玛利亚、

女儿巴特莉娅住在圣安东尼奥街道，但这家人在基艾亚海边还有3套公寓。贝拉维斯塔教授喜欢叫女儿阿斯巴斯娅，但玛利亚却很讨厌这个名字。"

"看来教授有一个幸福美满的家庭。"

"怎么说呢，他和家人的关系不是很亲密。一家三口虽然同住一个屋檐下，但用他自己的话来说，简直无法和家里的那两个女人交流。"

"听你这么说，他应该是个蛮有意思的人。"

"萨维里奥也可以做证。萨维里奥，你快告诉工程师，贝拉维斯塔教授是不是很有趣？"

"你们是在说贝拉维斯塔教授吗？他就是一本百科全书，而他的话就像意大利最高法院一样公正、有道理。听他说话不仅不会感到无聊、烦躁，反而是一种享受。工程师，我说这些绝没有贬低、瞧不起您的意思。虽然很多时候我也听不明白教授讲的那些大道理，但这绝不是他的问题，谁让我小时候太顽皮，从不认真读书呢。现在和别人说话，我只能在一旁听着，根本插不上嘴。"萨维里奥对贝拉维斯塔教授大加赞誉。

塞尔瓦托继续说："真实的情况是，教授每次都用红酒招待我们，而萨维里奥特别喜欢去教授家蹭酒。"

"等天气变暖之后，我还打算一边吹着海风，一边喝着冰镇的红葡萄酒。"萨维里奥美滋滋地说。

"我们夏天去教授家做客，大家坐在他家的露天大阳台上，教授讲着我们不知道的大道理，我们惬意地喝着葡萄酒，有时还会把黄桃切成片，放在葡萄酒里。"

"教授说，哲学家苏格拉底在他的那个时代就这样做了。"萨维里奥插了一句。

"萨维里奥，你别说话了，安静一会儿。"

"那我们什么时候可以去拜访贝拉维斯塔教授呢？"

"今天是周四，最好不要今天去。他妻子会在家里打牌，教授会把自己关在卫生间里，一整天都不出来。"

"一整天待在卫生间里？"

"工程师，您听我解释。教授家的卫生间不是您想的那种普通卫生间，意大利国王维托里奥·埃马努埃莱三世都没有机会享受这样的卫生间！教授的房子是那不勒斯的老式楼房，每个房间都特别大。我们这帮男人就喜欢在卫生间里闲聊，而且待的时间特别长，于是教授就把家里的一个房间改成卫生间，安了马桶和浴缸，这样我们所有人都能体面地、心安理得地待在那里聊天。用教授的话说，他把一个房间改造成卫生间，但这绝不是普通的卫生间，那是思想碰撞的书房，我们坐在马桶或浴缸里听音乐、聊天。"

"对了，还有那些画！"萨维里奥突然说道，"教授把带有画家亲笔签名的画也挂在那个卫生间里。工程师，您一定要亲自去卫生间看一眼，就知道多么有品位了。我经常说，大家为什么要待在客厅里聊天，卫生间那么有品位，为什么不能在卫生间里举办一场聚会呢？午饭都可以在那里解决。"

"教授说，洗澡有两种方式：冲澡和泡澡。"塞尔瓦托说。

"还有一种是从不冲澡也不泡澡的人。"萨维里奥补充道。

塞尔瓦托说道："萨维里奥，你先消停一会儿。我接着说啊，教授觉得米兰人喜欢冲澡，这样不仅节省水和时间，而且洗得更干净。相反，那不勒斯人更喜欢泡澡，躺在浴缸里，心无杂念地思考，直到水变冷之后再出来。待在客厅里，一会儿这个人来找你，一会儿有了其他事情，反正没有消停的时候。如果自己清静地待在浴室里，舒舒服服地躺在浴缸里，沉浸在自己的思维中，也不用担心其他人来打扰。"

我饶有兴致地问道："听你们这么说，我倒是想见识一下这位教授。现在能打电话给他吗？"

"今天恐怕不行，他从不接电话，每次都是他老婆接电话，绝不欢迎我们去他家里。"

萨维里奥突然说道："后天是周六，我们可以直接去他家里，这样工程师也可以顺便认识教授家里的诗人路易吉诺。"

"这又是什么人呢？"

塞尔瓦托回答说："他是圣玛扎诺男爵私人图书馆的管理员。男爵遇到了经济困难，所以不得不把图书馆卖给一个都灵人。男爵很喜欢路易吉诺，所以就让路易吉诺住在他家里，这样两个人互相做伴，也好有个照应。但是每个周日，男爵都要去看望岳母，路易吉诺就独自待在家里。"

萨维里奥说道："男爵也没有孩子，我们都希望成为他的继承人。"

"那为什么说路易吉诺是诗人呢？"

萨维里奥接着说道："每次和路易吉诺聊天，我总能想起自己的初恋阿苏迪娜，她当时只有 18 岁。我如果当年不是为了她，早就有了一份不错的工作，这也是我现在失业的重要原因。您可能不知道，我妈妈的弟弟，也就是我舅舅费迪南多在伦敦开了一家比萨店，他当时想让我去伦敦帮忙，还说学做比萨很容易。我当时满脑子只有阿苏迪娜，不愿意离开她，所以拒绝了舅舅的提议，没有去伦敦帮忙打理比萨店。后来，我一直给木匠阿方索干活，最近他都失业了，那我就更没有什么工作机会了。"

"那阿苏迪娜后来怎么样了？"

"还能怎么样？最后嫁给了我呗。18 岁的她可是数一数二的美女，我们手挽手地走在大街上，很多男人都忍不住多看她两眼。现在变成黄脸婆了，完全看不出当年的模样。"

塞尔瓦托揶揄道："贝拉维斯塔教授说，萨维里奥其实可以起诉控告妻子，甚至要求赔偿。毕竟当年美若天仙，现在却成了黄脸婆，这可是有欺骗的嫌疑。"

"我觉得我会胜诉，我只要把她 18 岁时的照片交给法院就可以了。"

"工程师，您就不要听他瞎说，他很爱他老婆，甚至有点怕老婆，他们两口子都有 3 个孩子了。如果不是他老婆没日没夜地给别人做裁缝，他们家的日子还不知道怎么过下去呢。"

　　萨维里奥唉声叹气地说道:"家里有3个孩子和一个裁缝,也就是普通人的生活。但是如果当年我去了伦敦,帮舅舅打理比萨店,我现在也许就是另外一种样子。我也许学会了英语,也许很多英国女孩爱上了我。我可没有贬低你们的意思,也不是自吹自擂,我天生就很招女孩子的喜欢。也许某个家境优越的英国富家小姐注意到我,还对我有意思,为了有机会多看我一眼,每天风雨无阻地来比萨店吃比萨,最后还要以身相许。等我攒够了钱之后,我也许还要去当演员,变成大明星。那不勒斯人也只能在电影海报《巴黎最后的探戈》里看到我了:我和著名女星玛丽娅·施耐德的合照。"

　　塞尔瓦托不耐烦地打断了萨维里奥:"你的废话真多!你最多就是电影《巴黎最后的探戈》中的替身演员。"

　　"你们看过这部电影吗?"

　　"没有看过,但是听说过。"

第4章　罚款

"博士，我们要被罚款了！"出租车司机满口怨言地说道。

"什么叫'我们要被罚款了'？这和我有什么关系？"我一脸疑惑地问道。

"显而易见，这还用说吗？"

"出租车司机开车违反交通规则，让坐在后排的乘客来交罚款，岂有此理！"

"不好意思，博士，您这么说就不对了。您一上车就说开快点儿，我当然要照做不误了。现在因为开得太快而被罚款，您却不想承担责任。"

"这和开快点儿有什么关系？"

"怎么就没有关系了？您上车后的第一句话就是'去码头，我要坐船去卡布里岛，麻烦开快点儿'，您难道要否认自己说过这句话吗？"

"我只说过'去码头，我要坐船去卡布里岛'，你居然胡编乱造了'麻烦开快点儿'。除非还有其他证据，毕竟您才是闯红灯的直接负责人。"

"我干吗平白无故地闯红灯？这么做还不是为了让您能尽快到达码头。我难道还要一边工作，一边交罚款吗？"

"天哪，你怎么又闯了一次红灯？"

"那是黄灯，反正交警已经过来了，看她怎么说吧！"

"交警会说什么？如果司机闯红灯，交警会吊销他的驾照吗？"

"不清楚，看情况吧。"

女交警慢悠悠地走到车窗前，举手敬礼，对司机说："麻烦出示驾照和行驶证。"

"你们女交警工作也挺辛苦的吧？不管刮风下雨，每天都得在马路上执勤。我也一样，每天都起早贪黑地工作。对了，这位先生要去卡布里岛。您觉得，谁该付罚款呢？"司机把驾照递给交警时想和女交警套近乎。

女交警笑着回答："如果后座的乘客愿意自掏腰包，我没有任何意见。"

"反正我是一分钱都不会出的。"我生气地说道。

"这位先生说得没错。司机应该付罚款，但是这位先生也应该象征性地给一些小费，帮助司机减少损失。"一位围观看热闹的路人插嘴说道。

"司机家里也有孩子要养活啊。"一位老妇人从旁边出租车的车窗探出头说道，"他起早贪黑开出租车不就是为了能多赚点好养家糊口，为了一位赶着去卡布里岛的乘客却要自掏腰包付1000里拉的罚款，这根本说不过去啊！"

"美女交警，"出租车司机开门下车，"我在加里波第广场等了 3 个小时才接到一位客人，我当时以为这位先生是外国人，如果知道他是那不勒斯人，我绝不让他上我的车。"

"你听我说，"我看了看手表，满脸严肃地说，"你要是现在不立刻开车去港口，那我就下车自己走过去了，船马上要出发了。"

司机满脸得意地说："你们看，这位先生多么着急地去港口。"

"那这一次就算了。下一次再被我看到了，就必须付双倍罚款。既然想玩得开心，做事情就不要慌里慌张。这么着急，哪能玩得开心呢！"女交警自言自语道。

出租车司机开心地穿梭在拥挤的马路上。

"今天运气真好，如果今天您真的被罚 1000 里拉，我都替您心疼。"司机对我说道。

"车费多少钱？"我下车时问道。

司机说："您看着给呗！"

第5章　贝拉维斯塔教授

"贝拉维斯塔教授，我们又来了。您最近怎么样？"塞尔瓦托边打招呼边走进了教授的家门，"今天我要给您介绍一位工程师，也是一位大科学家：德·克雷申佐。他也是那不勒斯人，好像还发明了美国人的'电子脑袋'。"

"什么时候？我不是科学家，只是工程师而已，从没有发明过你刚才说的那个东西。"我毫不犹豫地打断了塞尔瓦托。

"教授，他就是太谦虚了。他当年大学一毕业，美国人就不惜重金聘用他，希望他能发明一种机器，可以轻而易举地抓住敌人。"

我立刻反驳："天哪，塞尔瓦托，你为什么一下子胡编乱造出这么多事情？"

"没关系，您就让他们说嘛。"贝拉维斯塔教授微笑地握着我的手，"他们也是想把您的本事、能力说给我听。当然了，您如果只是一个测量员，他们肯定称呼您为工程师，但是您一定还做了很多其他事情，所以才称您为科学家。塞尔瓦托想表达对您的敬佩之情，总不能随便称呼您吧？他至少也得称呼您为科学家。"

"教授，你们先聊着，我能去拿一下葡萄酒吗？"

"萨维里奥，你知道酒在哪里，麻烦把酒拿过来，然后找我老婆要酒杯。工程师，您是想喝酒还是咖啡呢？"

"我特别想尝尝您家里的葡萄酒。他们说那不是普通的葡萄酒，带有浓重的文学味道。"我回答道。

"说实话，我妻子煮的咖啡并不怎么好喝。"

"大家都觉得，自己在家里煮的咖啡不如咖啡店里的好喝。"

"不完全是这样。如果带着浓浓的爱意煮咖啡，咖啡一定很好喝。在咖啡店，通过一杯咖啡，就能感受到吧台服务员和顾客之间是否有深厚的情谊。"教授反驳道。

"我老婆煮的咖啡难喝得要死！"萨维里奥拿着葡萄酒和酒杯走进来，忍不住抱怨道。

"工程师，您要知道咖啡可不是简单的液体，是液体和空气中某种气味的融合，咖啡进嘴的那一刻，咖啡香味就与味觉神经融为一体了。这和吃盐不同，人们舌头尝到了咸咸的味道，几秒后就没有了感觉。咖啡就不一样了，当人们连续工作几个小时后，咖啡的残余香味还会弥漫在嘴巴里，心里不禁会想：'这真是好咖啡，今天早上去了一家不错的咖啡馆。'"

"我和同事们几乎不去咖啡馆，办公楼的每一层都有自动咖啡机。每次投币 100 里拉，按下启动键，可以选择无糖咖啡或有糖的卡布奇诺。"

"您指的是美国制造的咖啡机吧？"塞尔瓦托好奇地问道。

我微笑地回答："不是美国制造,最多就是米兰本地生产的。"

"不管是美式,还是米兰式咖啡机,实质都一样,使用这类咖啡机的人只是把咖啡看成普通的饮品。你们难道不觉得这种自动咖啡机的存在是个很严重的问题吗?这是对个人情感的冒犯,必须得向人权委员会提出抗议。"

"您说得对,但我们也不要太夸大事实。"

"我可没有夸大其词。工程师,您有必要向您的上司解释清楚,当一个人想要喝咖啡时,并不仅仅因为他真的想喝咖啡了,而是因为他有与别人交流的欲望。因此,他必须放下手中的工作,叫上几位同事一起下楼,闲庭信步地走到最喜欢的那家咖啡馆享用咖啡,甚至互相争着买单,顺便还能搭讪女收银员,与吧台服务生聊聊足球赛事。最重要的是,当你走进咖啡馆时,无须说明咖啡类型,聪明、优秀的咖啡师早就把你的口味熟记于心。这一切都很具有仪式感,就像宗教般的信仰。当我在自动咖啡机投入 100 里拉时,换来的是一杯毫无味道和感情的咖啡,这毫无道理!再做一个假设,假如您要做圣餐,梵蒂冈大教堂在意大利的各大商场里都安装了自动机器,您难道要去商店里对着这些自动机器投币,选择圣餐的背景音乐,然后再投币、下跪、忏悔吗?忠实的基督教徒应该是去教堂,弯腰单膝跪下,向捐款箱里投入 100 里拉,向神父忏悔后再站起来,接着再跪下,再投入 100 里拉,等着神父将圣餐送到嘴里。"

塞尔瓦托说道:"教授说得有道理,喝咖啡就必须像去教堂一样，一定要有仪式感。我记得，有一次在玛德帝咖啡馆一边喝咖啡，一边看《南部体育》报纸，咖啡师就反问我：'你在干吗呢？喝咖啡时需要通过看报纸来分散注意力吗？'"

萨维里奥站起来说道："好像有人敲门，应该是路易吉诺，我去给他开门。"

路易吉诺进来后和大家一一打招呼。萨维里奥给路易吉诺搬来一把扶手椅，还顺便给自己倒了一杯葡萄酒。

"路易吉诺，最近怎么样？"教授问道，"我都快一个星期没有看到你了。"

"这周的事情特别多，音乐学院小提琴家布阿诺教授周二来我们学校演出，教授私下和我们家男爵的关系很好，偶尔也会来家里给我们弹奏小提琴。说实话，这次他真的是超常发挥，在学校的演出非常成功。他弹奏了巴赫的曲子，我现在记得不是很清楚了，总之那首曲子十分好听。自从男爵把家具都卖光了，本来就很宽敞的房间显得更大，就像教堂那么空旷。小提琴的优美乐声有时使整个房子都充满了和谐感，有时随着声调越来越弱，我们都不敢喘气，生怕呼吸太用力压住了小提琴的低沉声音。有时他演奏震撼的曲子，我们全身都会起鸡皮疙瘩。"

萨维里奥问道："路易吉诺，布阿诺教授能否来教授家里演奏几曲呢？这样我们也有机会欣赏一下他的才华。"

"嗯，我可以去问问。"

"那你抓紧时间，工程师只有圣诞节这段时间才在那不勒斯。"

"说起圣诞节，男爵和我每年都会亲自准备耶稣诞生马厩的摆件，今年也不例外。我们打开放耶稣、圣母马利亚、牧羊人雕像和各种摆件的收纳箱，小心翼翼地擦拭了灰尘。有些牧羊人的胳膊和腿都掉了，我们用胶水又把它粘在原来的位置上，整整花了两天时间才弄完。"

贝拉维斯塔教授说："耶稣诞生马厩对那不勒斯人来说是圣诞节必不可少的东西。工程师，圣诞树和耶稣诞生马厩的摆件，您更喜欢哪个呢？"

"当然是耶稣诞生马厩。"

教授情不自禁地握住我的手说："真是英雄所见略同。有人喜欢圣诞树，有人喜欢耶稣诞生马厩，这就说明，有人喜欢生活在自由度较高的社会，有人却喜欢生活在一个人情味更浓的社会里。这个话题不是三言两语能说得清楚的，下次有机会慢慢交流。今天我想说的是耶稣诞生马厩和喜欢耶稣诞生马厩的人。"

"教授，您说，我们洗耳恭听。"塞尔瓦托说。

"过圣诞节时，有人喜欢用圣诞树装饰客厅，而有的人却喜欢耶稣诞生马厩，这两种选择有着实质性的区别。每个人的身份证上除了要注明性别和血型，还应该添加自己喜欢耶稣诞生马厩还是圣诞树，要不然，结婚之后才发现自己的另一半和自己对于圣诞节装饰喜好截然不同，那就太晚了。你们可能觉得我这么说很夸张，要知道喜欢圣诞树的人看重的是金钱、权力和外貌，而喜欢耶稣诞生马厩的人会把爱情和诗歌放在首位。"

"我们在座的所有人都喜欢用耶稣诞生马厩来装饰家里，我说得没错吧？"

"不，你猜错了。我的妻子和女儿就喜欢圣诞树。"

"我妻子也更喜欢圣诞树。"萨维里奥低声地说道。

"这两类人永远无法互相理解。妻子看到丈夫在精心准备耶稣诞生马厩，立刻就反问道：'你与其用胶水修补那些破损的牧羊人，还把家里弄得到处都是胶水味，为什么不去UPIM商场买一个成品呢？'丈夫埋头不作声，继续修补破损的牧羊人。在 UPIM 就可以买到圣诞树，但是圣诞树只有在点亮灯时才会显得很漂亮。耶稣诞生马厩就不一样了，当你准备这些东西时心情就很愉快，心里默默地想：快到圣诞节了，是时候准备马厩了。喜欢圣诞树的人就是消费至上主义者，喜欢耶稣诞生马厩的人不管是否心灵手巧，但总会竭尽所能发挥创意，把马厩装饰成自己喜欢的样子，像极了那不勒斯一部著名的戏剧《库皮尔洛家的圣诞节》。"

"我每次看到耶稣诞生马厩时，就会想到爱德华[①]的一句话：我用了九牛二虎之力做好了耶稣诞生马厩，但全家人却都不喜欢。"

教授继续说道："那不勒斯市中心的那条'圣诞街'卖

---

① 爱德华：那不勒斯著名戏剧家爱德华·德·菲利波。

的马厩虽然难看一些，但都是手工艺人亲手用黏土捏制而成。大商场里卖的都是塑料制品，看上去就很假；牧羊人必须是以前用过的，即使胳膊、腿掉下来，再用胶水粘上就可以了。最重要的是，每年圣诞节前夕，男人作为一家之主，把牧羊人雕像从盒子里一个个地拿出来，如数家珍地给孩子们说说每一个牧羊人的故事和性格：这个班尼托好吃懒做，总是睡懒觉；这个是他的爸爸，每天去山上放羊。一年又一年，孩子们随着爸爸讲的牧羊人的故事渐渐长大，不知不觉早已把牧羊人的名字和故事熟记于心，还把他们假想成自己的好朋友，希望这些牧羊人一生平安。"

"教授，耶稣诞生马厩中除了牧羊人，还有厨师，屠夫，坐在餐桌旁的两对夫妇，卖西瓜、蔬菜、栗子和葡萄酒的小商贩。"

塞尔瓦托说："那时候的人们也必须工作到深夜才能去睡觉。"

"马厩中还有一个洗衣妇人，养了一群鸡的牧羊人，正在捕鱼的渔夫，一条流动的小河。"萨维里奥补充说。

"我爸爸的手艺特别好，能把那些缺胳膊断腿的牧羊人修补得不留痕迹。他经常对我说：'儿子，这个可怜的牧羊人的腿掉下来了，我给这个牧羊人安排了一个很适合他的位置。'他说着就把缺腿的牧羊人放在了篱笆或矮墙的后面。我记得，还有一个牧羊人每年都会丢掉身体的某个部位，最后只剩下脑袋了，爸爸就把这个牧羊人放在了小房子的窗户旁边。马厩里的小房子是爸爸用药盒折叠的，里边还安上了小灯。有一次，因为生病，医生让我喝一种糖浆，但我十分不想喝。爸爸拿着药盒对我说：'儿子，我们会把这个药盒保存好，等到快过圣诞节时，我们就用这个药盒做马厩里的小房子。好儿子，你得先把药盒里的药吃完，要不然圣诞节爸爸没有药盒子给马厩做小房子啊！"路易吉诺回忆着美好往事。

"等到午夜 12 点，我们家里最小的孩子抱着幼年耶稣的小蜡像，其他人手举蜡烛，排成一列跟在他后边。大家在屋子里绕来绕去，大声地唱着'你从天上的星星掉落到了人间'。"塞尔瓦托继续说道。

"每到圣诞节前夕，家家户户的屋子里都会有点儿胶水的味道。人们都用胶水把软木塞粘成小山的形状，面粉撒在小山上就像皑皑白雪，做得特别逼真。"

第 6 章　佐罗先生

"您好，我是卡拉马南·安东尼奥，请问有什么可以帮您的？我这里还没有免费球票，经理也不在，没人知道他什么时候回来。"

"谢谢，我来这里不是为了要免费球票。"我说，"我想收集一些关于那不勒斯球迷的信息，人们说您在这方面有着很丰富的经历。您是否能腾出半个小时，给我讲讲那不勒斯球迷的故事呢？"

"您说我的经验很丰富？那不勒斯足球场最初位于阿勒那奇阿，那时球队里有皮兰特、贝拉、米兰、法布罗、格兰格利亚、布萨尼、卡皮里尼、巴雷拉、瓜里奥和罗西里尼。第二次世界大战结束后，球队管理层决定在卧梅拉兴建一个新的体育场，当初的名字是'自由体育场'，后来改名成'科拉纳体育场'。再后来，球队的主场又搬到了圣保罗体育场，我现在是这里的安保负责人，主要工作是阻止足球流氓来捣乱。"

"球场那里有很多足球流氓吗？"

"如果有非常重要的比赛，球场的最高纪录是有 1.1 万人免费观看比赛，其中就包括那些足球流氓和持免费票的

观众。您可以估算一下，球队管理层在每场比赛前都会赠送
4000 张免费门票给政界、商界人士，还有 3000 多名球迷拿
着假门票入场，最后还有 4000 人通过各种方式偷偷进入球场，
这样加起来就有 1.1 万人了。每次那不勒斯球队在主场迎战其
他球队时，我和所有的安保人员都要对付这些狡猾的足球
流氓。"

"球队为什么要赠送这么多免费门票呢？"

"在那不勒斯，免费门票是地位和荣誉的象征，侧面看
出这个人有一定的社会地位。您真应该去球场入口亲眼看一
看，拿着免费门票的观众常常对工作人员展现出一副趾高气
扬、目中无人的样子。如果一个那不勒斯人对你说'我去现
场看球赛从不用买票'，就像我现在对您说'我祖先曾参加
过十字军东征'一样。反过来，如果一个那不勒斯人为了能
在现场看球而不得不自掏腰包，那就说明他根本没有什么靠
山，社会地位也比较低微。"

"那些足球流氓呢？"

"我们大致可以把足球流氓分为两类：一部分是直冲冲
地硬闯球场，另外一部分是用尽各种手段偷偷进入球场。对
于第一类，我们只需加固球场外墙的坚固度、增加高度，当
有球赛时在入口处加强安保措施，再多调集一些警察，就不
会出现大问题；第二类足球流氓就又狡猾又危险，为了达到
目的，他们真是不择手段。下周日有球赛，您要是能来现场
的话，您就能看到大名鼎鼎的足球流氓——佐罗。"

"谁是佐罗？"

"佐罗每次都有办法不买票却能进入球场。球赛结束后，他肯定会来找我炫耀，一只手紧握拳头，另外一只手还要假正经地做出蒙面义侠佐罗的经典举动。"

"他是怎么进入球场的？"

"他的办法真是五花八门。我甚至觉得，他会专门花一周的时间来琢磨如何不买门票进入球场。如果说，巴比龙是江湖大盗第一人，那佐罗简直就是巴比龙的祖师爷。"

"比如说呢？"

"'龙生龙，凤生凤，老鼠的儿子会打洞'，佐罗就很好地遗传了他父亲的某些基因。有一次，那不勒斯队和博洛尼亚队在自由体育场比赛时，博洛尼亚队提前买通了裁判，双方踢成 3 ：3 的平局时，进入踢点球环节，而那不勒斯以 0 ：2 输掉了比赛。其实整场比赛，那不勒斯队都掌握着主动权，但是那帮裁判总是故意压制着那不勒斯队。您要知道，意大利的这些裁判会在比赛中故意为难那不勒斯队，这也是我们这么多年没有得过意甲冠军的原因。希望明年我们能实现这个梦想。接着说那场比赛，现场球迷失去了理智，一窝蜂地冲进了足球场，把对方球员和裁判打得死去活来，草坪也被踩得乱糟糟的，现场惨不忍睹。主裁判和两名边裁在慌乱之中躲进了更衣室，警察和工作人员站在更衣室外保护他们。现场球迷的情绪越来越激动，堵在更衣室外，高喊着要把那 3 名裁判打死。这时佐罗的父亲就登场了，他和现场的警察站在一起，共同抵挡住了球迷的进攻，还安抚球迷激动的情绪，不厌其烦地劝说大家保持冷静。佐罗的父亲最后获得了警察的信任，有机会进入更衣室，他却突然对那3位裁判一阵拳打脚踢。最后，那不勒斯队被罚50万里拉，并停赛3天。"

"那佐罗做了些什么呢？"

"和您说实话，佐罗真没少给我找麻烦。每次比赛前，我都会仔细地检查各个通道和出入口，琢磨着这个王八羔子今天会藏在哪里。有一次，他居然在球场的围墙上悄悄地砸开了一个窟窿，公然叫嚣，成年人500里拉，小孩子100里拉，不想买球票的人可以通过那个窟窿爬进球场。球赛结束后，佐罗用凝灰岩把那个窟窿重新堵上，每次都这样。他每次出现在球场时，他和那帮小弟就像从中世纪穿越到现代文明社会，所有人都全副武装，随身带着梯子、绳索、挂钩、破坏围墙护栏网的钢丝剪等。"

"工作人员从来没有抓到过他吗？"

"只抓到过一次。他和同伙当时藏在了运输冰激凌的卡车的冷藏室里，等到我们发现时，他们都快被冻死了。后来工作人员把他们抱出来晒了半个小时的太阳，他们才捡回一条命。"

"那他还用过哪些歪门邪道啊？"

"只有你想不到的，没有他想不到的。球场对坐轮椅的残疾人免球票，他就戴上假胡须，假扮成残疾人，坐上轮椅，心安理得地免费来看球赛。他还买了20来个假的残疾人轮椅，每次以1000里拉的价格出租给有需要的人。有一次，他从火车站接裁判，带裁判进入球场时，裁判却不允许佐罗进入主席台区域，佐罗当场就发飙了。我还能说什么呢？您要是看到救护车驶进球场很快又出来了，您可能会觉得球场里有人受伤了，那就大错特错了。这是佐罗的小把戏，他以救护车为幌子，把家人送进了球场。"

"如果我猜得对的话，你们拿他根本没有一点儿办法？"

"嗯，您说得对。最近我听说居然有12名警察被偷了，毫无疑问，除了佐罗能干出这种事情，没有第二个人了。我就在球场这里等着他，我绝不会轻易放弃。您周日要是有时间，就来看那不勒斯和佛罗伦萨的比赛吧，到时候等着看好戏！对了，我这里还有一张免费门票，我就送给您好了。这场比赛挺重要的，我们那不勒斯肯定能拿下这场比赛，毕竟算命先生预测这将是那不勒斯队本赛季踢得最好的一场比赛。"

第7章 爱和自由

"抽根烟吧。"公交车售票员大声说道。

"我正在喝咖啡。"

"那好吧。"

——阿·萨维尼亚诺

"教授，我对那不勒斯的感情很复杂：既喜欢又讨厌。当我在出差或旅游时，我就十分想念这座城市；但当我回到这里时，却又无比想逃离这里。"

"工程师，这种情况很正常。当一个那不勒斯人去其他城市或国家定居后，他身上的那不勒斯特征会减少。当他回到那不勒斯时，已经无法习惯这里的生活节奏了。"

"在其他地方，我绝不能容忍别人说那不勒斯的半点不好，一定要和他们理论一番。每当这个时候，我觉得那不勒斯是世界上唯一通情达理的城市、唯一能理解我的城市。有时候，我也理解那些不是那不勒斯的朋友们，他们永远都不会明白那不勒斯的文化。我说的那不勒斯文化，不仅仅是迪·贾科莫、爱德华·德·菲利波和德·维阿尼这些诗人的诗歌作品，还包括那不勒斯人代代相传的生活智慧、沉稳的性格、丰富的谚语和成语。而那些糟糕的表达方式都可以看成是'那不勒斯的哲学'。"我继续说道。

"您为什么觉得那些表达方式很糟糕呢？"贝拉维斯塔教授问道。

"有些人就是从不关心政治，生活也不能自力更生或者想方设法地剥削别人的剩余价值。"

"天哪，您怎么能如此贬低那不勒斯人的人生哲学观呢？"

"那您想让我说什么呢？只有内心无比热爱那不勒斯的人，才受得了这座城市的种种缺点。上周六，我刚刚下火车，就有一个人向我兜售威士忌酒、色情照片和手表，旁边另外一个人居然硬抢我的行李箱，黑出租车司机、旅店老板把我团团围住，还有一个人哭诉他妈妈住在阿湾沙精神病院，希望我能给他买火车票的钱。走出中央火车站，我看到的就是长长的堵车队伍，司机们疯狂地按着喇叭，没人排队，所有人都扯着嗓门说话，路边苍蝇餐馆的菜单不堪入目，咖啡店吧台上的白糖都沾着咖啡渍，又脏又破的地铁，小巷里的吵闹声，居民楼里传出的收音机广播声音，总之耳朵就没有清净的时候。"

"只有这些吗？"贝拉维斯塔教授问道，"您刚才说的这些事情让我想到了一个关系特别好的朋友——维多利奥·帕鲁多博士。您认识他吗？"

"完全没有听说过这个名字。"

"因为工作的缘故，维多利奥·帕鲁多博士五六年前去了米兰，现在已经是一家咨询公司的高管，但我突然想不起来这家公司的名字了。当年他还在那不勒斯时，他从未觉得那不勒斯的各种噪声让他不舒服，噪声甚至就是他生活的一部分；自从他去了米兰，他就再也无法忍受这些噪声了。究其原因，米兰没有那不勒斯这么嘈杂，久居米兰弱化了他忽略噪声的能力，慢慢地他都无法感知到这个世界充满爱意的声音，最终他的人生价值观都发生了变化。他认为，如果一个人能高效地做完一件事情，这就是他的最大优点，与此同时，也忽略了这个优点可能带来的负面影响。"

"帕鲁多博士每次回到那不勒斯，一定会来拜访贝拉维斯塔教授。"

"我们总是期盼着他从米兰回来。如果您愿意的话，我可以介绍你们认识。"教授对我说。

"这是我的荣幸。"

"我一定把帕鲁多博士介绍给您认识，我们既是挚友，也是死敌。"

"'既是朋友也是死敌'，教授说得太准确了。"萨维里奥说道，"贝拉维斯塔教授和帕鲁多博士就像猫和狗，他们一见面就争论不休，每次都争得面红耳赤。他们两个本来有说有笑地聊着，最后感觉都要打起来了。我就经常对他们说：'这些话题和你们有什么直接关系呢？'哎，那不勒斯就是这个样子，没有人能把它怎么样。如果帕鲁多博士喜欢米兰，那他就待在米兰好了，这样他也不会对那不勒斯满口怨言，乱发一通脾气了。"

塞尔瓦托说："我当年在加达湖附近的贝斯凯拉服兵役，工程师，那地方是真的很安静，死一般的宁静，悄无声息，雾气特别大，想看到晴天都特别难。每天晚上睡觉时我会因为太安静而头疼。上帝也许是这样想的：'这么多浓雾我该把它们放在哪里呢？算了，干脆就放在意大利北部的波河平原吧。反正意大利北方的人每天都垂头丧气，他们也许都不会注意到自己的家乡每天都是雾气笼罩。'"

"塞尔瓦托的这种观点和奥斯卡·王尔德的是一样的。王尔德说，不是雾让上帝工作，加重了上帝的工作负担，而是上帝自己想工作，所以才会创造出雾这种东西。"

"教授真是太博学了，没有您不知道的。"萨维里奥赞美道。

"我们继续刚才的话题。那不勒斯人做事情太夸张了，我们不得不反思。第一次来那不勒斯的外国人遇到工程师在火车站的那些遭遇时，按照自己国家的文化思维和准则进行思考和判断，最后的结论一定是那不勒斯是一个极度不文明的城市，那不勒斯人也很缺乏基本的素质和道德。相反，他们应该换一个角度，从人类宜居的角度看待这个问题。首先思考完全不适宜人类居住的地方是否真的存在，再去想想那些适宜人类居住的著名城市有哪些缺点，最后就能发现：不管一个地方多么好，一定有不尽如人意的地方；相反，一个地方再糟糕，也会有令人喜欢的地方。"

"教授，那您具体地说一下这种互补性吧。"塞尔瓦托接着说道。

"那我先给你们讲讲我对自由和爱的看法，否则在座的各位很难理解那不勒斯人做事情的方式的优缺点。"教授娓娓道来。

"如果我没有记错的话，您曾经就提过自由和爱之间有着某种联系。今天您是否方便给我们详细地说说这两者之间的关系呢？"我问道。

"您现在着急离开吗？"教授问道。

"一点儿都不着急。"

塞尔瓦托说："没人着急离开。教授以前给帕鲁多博士讲这些内容时，我就在旁边，但是听得云里雾里。现在您要重新讲一次自由和爱之间的关系，我怎么会错过这么好的机会呢！"

"我很愿意与各位分享我的看法，但是自由和爱之间的关系不是三言两语能说明白的，所以希望大家能认真地听我说。"

萨维里奥插嘴说："教授，您就放心吧，我们缺什么也不缺专心听讲的能力。今天聊的内容不仅很有意思，还能增长我们的见识。在教授正式开始之前，我再去给大家拿一瓶葡萄酒，要不然教授说的时候，大家喝完了葡萄酒，我还得去拿，我可不想错过教授的任何观点。"

塞尔瓦托不怀好意地说道:"当有葡萄酒时,聊什么都会觉得很有意思。教授,您不用着急,尽管慢慢说。我们今天都休息,没有什么要紧的事情。"

"您接下来要说的都是您自己的观点吗?"

"事实上,嘉卡洛·咖利是我的一个米兰朋友,也是第一个和我探讨自由和爱的关系的人,后来我也参考了伊壁鸠鲁的哲学观点,最终形成了我对自由和爱的看法。萨维里奥已经把酒准备好了,我们现在就开始。首先,我要澄清一个概念,那就是人们对爱的渴望到底指的是什么?"

"想做爱的欲望。"萨维里奥毫不犹豫地回答道。

"不,性欲和这个话题没有关系。我想说的是,对爱的渴望是人的天性,人类本能地希望有人能陪伴自己,能获得对方的体贴、照顾。"

萨维里奥突然问道:"您指的是性生活吗?"

"萨维里奥,你真是够了。我刚刚和你说过,这个话题和性没有关系。你安静地喝葡萄酒,听我说就可以了。这个话题本身就有些复杂,你不要一个劲地插嘴,要不然我的思路都混乱了。"

"教授,您别担心。他要是再捣乱,我来收拾他。"塞尔瓦托说。

"正如我刚才所说,爱是人类与生俱来的一种感觉,在这种感觉的驱使下,我们会渴望获得他人的陪伴。例如,与他人分享自己生活中的喜怒哀乐就是爱的一种表现，而这种爱与他人分享也是人的本能。人类学家发现，原始人类有自我防御的行为，通过与同类结盟，能极大地提高生存率。爱的能力也因人而异，自私自利的人爱的能力为零，关心家人的人当然也会更爱自己的祖国和同胞，慈善家则是心怀天下，圣弗朗切斯科则热爱整个宇宙。"

萨维里奥说："我也热爱全人类，但我就是不明白为什么一个民族会对其他民族发动战争。人们应该思考为什么会有战争。如果战争中的敌人也是基督教徒，他们也有老母亲需要照顾，有妻子和孩子等着他们平安归来，怎么能忍心向他们的房子投掷炸弹呢？上帝啊，每次想到这些事情，我觉得自己都快要疯了。"

"萨维里奥，你不要有歧视或不公之心。假如意大利和美国发生战争，或者是意大利和其他弱小国家发生战争，你也会一视同仁吗？"

"我觉得所有的人都是基督教徒，我对所有人都一视同仁，不会有任何的差别。"

"你对那不勒斯人的态度也是一样的吗？"

"这和那不勒斯人有什么关系？如果敌人是那不勒斯人，那就另当别论了！那不勒斯人就是我们的家人，如果在国外遇到那不勒斯人，我会为他们做任何事情。我现在说的是人性，不仅仅是那不勒斯人。"

教授接着说道："萨维里奥，爱全人类是一件很简单的事情，但是爱身边的人似乎就很难了。救世主从没有说过'要像爱自己一样爱全人类'，但他说过'要像爱自己一样爱周围的人'，你知道其中的原因吗？地铁里坐在你旁边的身上有异味的人，排队站在你身后却想插队的人，他们都属于你周围的人，但这些周围的人很有可能威胁到你的自由。"

"教授，您刚才想表达的是，如果我想成为一个爱周围人的好人，我就必须容忍一些糟糕、令自己感到恶心的事情？"

"塞尔瓦托，你的理解完全正确。如果你不能容忍周围那些令你不舒服甚至感到恶心的事情，那就说明你不是一个充满大爱的人。相反，你是一个追求自由的人。"

"这又指的是什么呢？"塞尔瓦托好奇地问道。

"追求自由具体指的是保护自己的私密性，而'私密性'在大多数情况下指的是个人内心的想法。当涉及人与人之间的关系时，'私密性'的保护范围就很广了，包括个人的行动自由和思想观点。遗憾的是，意大利语并没有一个恰当的词汇来表达这个观点。为了解释清楚我们现在谈论的观点，我就借用英语单词'privacy（隐私）'，这个单词更多地用来描述人们的生活方式和理念的隐私性，并非情感方面的隐私。因此，在我看来'追求自由'就是要保护好自己的'privacy'，同时也要保护他人的'privacy'。"

"教授，按照您的理论，每个人的内心都有爱和自由这两种感觉，但是这两种感觉是对立的、不可兼容的。当一个人感到孤独时，便希望拥有他人的陪伴。当他与周围的人结成同盟时，也得忍受失去自由的痛苦。"我总结道。

"您说得很对。"教授回答。

"现实生活中真的是这个样子。有的时候，我真的无法忍受我老婆阿苏迪娜。吃完饭后，我喜欢去阳台上眯半小时，这时候她就像蜜蜂一样，嗡嗡地在我耳边说个没完没了，'萨维里奥，这件事情你做了吗？那事情你做了吗？'我有一个表姐住在普罗奇达，她家的房子靠近海边，她们家还有一艘私人皮划艇。有一次，这个表姐就邀请我们去她家里做客，这样我家的孩子也能去海边游泳、划船。说实话，我老婆阿苏迪娜带着孩子们去了这位表姐家，却发现表姐只是假借邀请我们做客的名义，让我老婆阿苏迪娜从早到晚帮她照顾孩子。我自己一个人待在家里，每天就像傻子一样在空荡荡的房子里绕来绕去。当我老婆阿苏迪娜回那不勒斯的那天，我居然提前一个半小时去接他们。"萨维里奥说着自己的亲身经历。

"萨维里奥，你完全理解了我刚才说的那个道理。你举的那个例子就是爱已经超越了自由的界限。"教授说。

塞尔瓦托接着说："教授，我还有一个疑问。爱和自由是两种积极、正面的感觉吧？那么，一个正常人应该能同时拥有这两种感觉吗？我不知道自己是否表达清楚了。"

"只有圣人、贤人才能同时具有爱和自由这两种感情。事实上，爱和自由处于对立面，彼此牵绊和制约。具体要看爱和自由在每个人心目中的分量有多重。"

"那您是如何看待这个问题的呢？"萨维里奥问道。

"德国社会学家滕尼斯在 19 世纪就发表了关于爱和自由的关系的重要著作——《共同体与社会》。"

"天哪，听起来就让人头疼。"

"大家不用担心，这个不难理解。"教授不慌不忙地说，"滕尼斯认为，社会可以分为礼俗社会和法理社会两种类型。在礼俗社会中，友谊是人与人关系的基础，整个社会的结构是垂直的，弱者需要尊重强者，社会成员需要相互协作；社会成员有裙带关系。人们经常有这样的思维：'他是我的人''能为您效劳真是我的荣幸''你为他做事情就是为我做事情'。这些思维恰恰体现了一种人情社会。在法理社会中，法律是社会行为的基本准则，要遵循法律面前人人平等的原则。"

"教授，您说的这个……"

"礼俗社会？"

塞尔瓦托说："对，我觉得人们在礼俗社会里活得不会很幸福。假如一个人没有得到上帝的庇佑，那他真的太可怜了，只剩下孤零零一人。我举个例子，关于友谊是礼俗社会的基础。假如我是萨维里奥唯一的朋友，而萨维里奥恰恰也是我唯一的朋友，我们两个人的裤兜比脸还干净，我们的积蓄加起来都没有 1000 里拉。因此，我们不得不成为朋友，抱团取暖，否则孤身一人早就饿死了。"

"我明白你的意思。塞尔瓦托，这里我还需要补充一点，滕尼斯并没有说过礼俗社会的人比法理社会的人活得更舒适自在。他仅仅是推测，在礼俗社会中，人们可以依靠友谊解决难题。他在书中指出，法理社会是横向结构，具有盎格鲁－撒克逊民主社会的特征。滕尼斯虽然是德国人，却对礼俗社会偏爱有加。最明显的例子是，当他谈论'温暖的感性'和'冰冷的理性'之间的关系时，他毫不吝啬地表达了对充满人情味的社会的向往。"

"黑手党组织是礼俗社会的最糟糕代表，其官僚制度是法理社会最糟糕的一面。"

"那您觉得哪些民族更追求博爱，哪些民族却把自由放在第一位呢？"我问道。

"世界上没有一个民族完全追求自由，或是只崇尚博爱，追求自由和崇尚博爱同时存在于每个民族的灵魂中。我们不能像绘制地图一样，把一个国家绘制成纯黑色，把另外一个国家涂成纯白色。我们可以采取一种折中的办法，把那些更在意自由的国家涂成深灰色，崇尚爱至上的国家涂成浅灰色。"

"那我们意大利应该属于更崇尚博爱的民族吧？"萨维里奥问道。

"你说得完全正确。推崇博爱至上的国家就应该像那不勒斯这样，那不勒斯完全有资格成为追求博爱城市的代表，意大利南部的很多城市、爱尔兰和苏联的某些地区也很崇尚博爱。"

"世界上哪些城市是崇尚自由的代表呢？"

"伦敦。"

"我本来要去伦敦帮助舅舅费迪南多打理比萨店的，"萨维里奥说道，"幸亏我最后没有去那里。"

"每次想到伦敦时，我总会想起某个夜晚在伦敦看到的一个场景。一位孤零零的先生在汽车站排队。"

"我不是很明白，"萨维里奥问道，"一个人独自在车站排队？那您怎么知道他当时是在排队呢？"

"公交站台上空无一人，他还老老实实地站在乘客排队的规定位置上。"

"我的天哪。"

"尊重他人就是英国人的人生信条。英国人家家户户都有单独的小洋楼，进入小洋楼的大门，穿过漂亮的小花园，就进入了房子的内部，一楼通常都是储物间、书房、厨房等，卧室都在二楼。那不勒斯则是很多住户住在一个居民楼里，所有人每天都从一个大门进进出出。除了大门，所有人还要共用一个楼梯通道。而英国人每家每户都有一个只属于自己，不需要与别人合用的大门、花园、楼梯，这样就无须知道邻居是谁、叫什么、做什么等。反过来，他们也希望别人能用同样的态度对待自己，尊重自己的隐私，大家井水不犯河水。"

"我知道我住的那栋公寓楼里的所有事情。"萨维里奥说道。

"在那不勒斯，街坊邻居共用一根晾衣绳，这种现象很普遍。比如，四楼的住户想安一根晾衣绳，女主人就去找对面那栋楼的四楼住户说：'我和您商量个事情。您看，我们都住在四楼，为了两家都方便晾晒衣服，我们一起安晾衣绳吧！'晾衣绳安装完之后，其中一位女主人就会问：'您一般什么时候洗衣服啊？周二吗？那行，你们周二，我家就周四。这样我们互不影响。'一来二去，两户人家就熟络起来，关系也变得亲近了许多。两户人家在晾晒衣服时，免不了一阵寒暄和闲聊，这根细细的晾衣绳就是一个传递消息的媒介，很多小道消息就这样传到其他人的耳朵里了。"贝拉维斯塔教授继续说道。

路易吉诺说："把洗过的衣服和床单晾晒在太阳下，就让我感觉生活很美好！我小时候以为人们晾晒衣服是为了庆祝某件事情。我每次看到晾晒的衣服，我的心情都会变得很舒畅。但我就是想不明白，为什么有些公寓楼规定住户不能把衣服晾晒在外面呢？在那不勒斯，晾衣绳的一端连着一户人家的窗户，另一端连着对面人家的窗户，两家人共同使用这根晾衣绳，确实方便、实用，家家户户都离不开这根晾衣绳。如果上帝想把那不勒斯的某栋房子搬到自己的天堂，他会惊奇地发现，一根简单的晾衣绳就把那不勒斯的房子连在了一起，晾衣绳上除了挂着衣服、床单等，还有各种小道消息、家庭主妇的家长里短、孩子们的嬉闹声等。"

萨维里奥说："路易吉诺，你说得完全在理。如果那不勒斯的房子被上帝搬到了天堂，你可以作一首诗。"

教授继续说："隔窗相望的两户人家搭建了晾衣绳后，两个女主人就无话不说，无话不谈。她们偶尔也会吵架，但很快就能重归于好；有时甚至还联手一起对付楼下的邻居，直到楼下的女主人和她们成为一伙。那不勒斯人靠着这根晾衣绳维系着邻里关系，当然这种相处模式也带来了很多弊端：找到了对象、许下的愿望、过生日、偷情、中奖甚至得了腹泻等芝麻大的小事都能以火箭般的速度传开。邻居们就像侦探一样，没有什么事情是他们不知道的，毫无隐私可言。这根晾衣绳把每家人的喜怒哀乐传到了其他人的耳朵里。在那不勒斯，没有一个人是孤岛，彼此都有千丝万缕的联系。还有，那不勒斯的气候温暖湿润，家家户户喜欢打开门窗通风透气，在屋里的聊天内容就随着空气传到了邻居的耳朵里。"

塞尔瓦托说："教授说得完全在理。那不勒斯人就是和英国人不一样，骨子里就喜欢打听别人家的事情。"

教授接着说："塞尔瓦托，你刚才说那不勒斯人的好奇心很重，其实这是对爱的渴望的具体表现。你如果去过意大利的一些小城市或旅游业不发达的小岛，比如维托特奈岛，就会发现那里的人们更淳朴善良，他们会很热情地和每个人打招呼。如果同样的情形发生在米兰，两个陌生人同时进入电梯，彼此没有言语和目光的交流，只是静静地等待电梯到达所去的楼层。这短短的十几秒钟也许就变得漫长无比，这两位陌生人内心还会觉得有些尴尬。我想用陌生人同时乘坐电梯的例子说明，文明的行为举止也许会带来些许不适或尴尬。假如在文明程度较高的城市，例如米兰，我对着一位陌生人说'早上好'，他肯定觉得很奇怪，内心还会嘀咕：'这个人为什么无缘无故地和我打招呼呢？'过去的火车还有三等车厢，虽然乘客都不怎么富裕，但他们一定是善良淳朴、充满爱心的人。每个人都滔滔不绝地和其他乘客介绍自己叫什么、做什么、家里有几口人、为什么坐火车，车厢里的乘客就像老朋友一样熟悉。三等车厢的空气中弥漫着一股刺鼻的酸臭味，乘客们互相讲述着自己的家长里短，漫长的旅途似乎也没有那么煎熬了。当火车到达终点站后，他们依依不舍地道别，当然在火车上听到的故事，也无从得知最终的结局。三等车厢除了有奇怪的酸臭味，还有浓浓的人情味。现在很多人出行都选择快捷、方便的飞机，飞机舱内都是无菌消毒，不可能闻到三等车厢的酸臭味。如果飞机不幸坠落，很多乘客因为害怕或出于本能紧紧地抱住邻座的乘客。当他们从万米高空掉落下来时，短暂的一生有可能就此终结，但遗憾的是，他们永远也无法得知，生命最后一刻与他们紧紧相拥的人叫什么。"

"这也太惨了。"塞尔瓦托不禁说道。

"我姐姐拉凯莱住在佛罗伦萨路附近，她和房东因为一套房子在打官司。她这人特胆小怕事，每次都让我陪着去见律师。几天前，我就从梅尔杰利纳地铁站坐车去她那里，在地铁上认识了一个名叫唐·安南托的木匠，住在圣乔瓦尼特度奇街区，估摸有80来岁了。我和这位老木匠共同搭乘了4个地铁站，他就和我说结过3次婚，几乎每经过一站他就能讲述他和一任妻子的故事。他在'一战'期间认识了第一任妻子，当时他的一条腿不幸受伤，而她恰好是红十字会的护士，她把他的整条腿用石膏、绷带固定在部队医院的床上，后来他便向她求婚了。第一任妻子是弗留利人，长得很标致，但因为感染了肺炎年纪轻轻的就去世了。5 年后，他认识了第二任妻子，这位是那不勒斯人，美若天仙，就像电影里的女明星，但却不幸丧生于 1943 年 8 月 4 日的那次地震。两年后，老木匠便娶了第三任妻子。听他的描述，我感觉这个妻子的身体不怎么好，好在他们一直幸福地生活在一起。这位木匠现在总共有 7 个儿子、女儿，以及 16 个孙子、孙女、外孙、外孙女。"萨维里奥饶有兴趣地说着。

"这真是一个充满爱的世界啊！"教授感叹道。

"教授，我还有一个问题。如果穷人摔倒在伦敦的大街上，痛得无法站起来，路人都十分冷漠，没有人会主动去搭一把手，这是真的吗？"

"这是真的，但是你要明白这背后的原因。伦敦人的性格其实很直爽，当他们看到一个陌生人躺在人行道上，他们可能会推测这个人因身体突然不适而跌倒在地，或者就是流浪汉常年在街头露宿。但不管具体是哪种原因，他们都会觉得这个事情与自己无关，自己没有义务也没有权利去插手这事，伦敦市政府肯定会派专人妥善地处理。于是，来来往往的伦敦人就这样熟视无睹地从这位倒霉蛋身边经过，他最后就离开了这个世界。"

"天哪，这些伦敦人太冷漠了！"

"在那不勒斯如果路人看到流浪汉快要冻死了，肯定会很热心地找周围人一起帮忙。'天哪，他的身体出了问题，麻烦大家搬把椅子、拿杯水过来。'其他人纷纷搬来椅子、端来水，一堆人把流浪汉围得密不透风。在路人的关心和帮助下，流浪汉幸运地没有被冻死，却因窒息而亡。总之，他离开这个世界时并不孤单，最起码还有陌生人的关爱和陪伴。"

"这个事情有些夸张。"

"这个故事当然很荒谬，但是那些夸张的词汇也不会出现在字典中。"

教授说："我们必须承认，没有人能拥有一切。我们希望社会井然有序、干净整洁，那么就不能奢求这个社会充满爱。如果讨厌噪声和各种混乱，那就移民去瑞士生活。如果去瑞士的首都伯尔尼，听说那里公墓的价格是维也纳的两倍，但生活乐趣却只有维也纳的一半。"

我问道："您是在说南方人和北方人的区别吗？这到底是人种天生的差异呢，还是因为意大利南方的温暖气候造就了人们的性格如此不沉着呢？"

"这和气候无关。我刚才也提到过，即使在气候寒冷的地区，那里的人们也具有博爱精神。例如爱尔兰人的性格就很容易激动和急躁，但他们也愿意随时帮助有困难的人；还有俄国著名作家陀思妥耶夫斯基和契诃夫在小说里就有这方面的描写。《罪与罚》这部小说的主人公马美拉多夫在一个小餐馆里和其他人讲述自己的经历时，认为每一个人活在世上都应该能有一个被理解和包容的地方。"

"但是马美拉多夫是一个酒鬼。"

"你的思路很有道理。那我们就从酒这个角度来深入探讨。喝醉酒的人这么做是想给自己酒后撒野的粗鲁行为找一个借口，因此便吹嘘说这是一个充满爱的世界。一个人越缺乏爱，越沉迷喝酒。那不勒斯人有很多缺点，但没有酗酒的毛病。如果从这个角度分析，那不勒斯人生活得很幸福，无须依靠酒精来麻醉自己、寻找生活的乐趣。"

塞尔瓦托说道："萨维里奥是土生土长的那不勒斯人，如果让他喝一升酒的话，他也会照做不误。"

"萨维里奥能喝下一升酒，绝不是为了买醉，更不是为了给自己壮胆子。他就喜欢喝葡萄酒，更何况是免费的。"

"那美国人……"我说道。

"美国人急需平衡一天的效率、生产率和对权力的崇拜。不同的民族有着截然不同的行为举止，造成差异的原因可以追溯到很遥远的过去。整体而言，天主教徒崇尚爱，崇尚自由的大多是新教徒。但目前尚不清楚到底是不同的宗教信仰决定了人们的性格行为举止不同，还是性格行为的差异决定了不同的宗教信仰。"

我说道："如果要深究欧洲人性格差异的原因，那就必须从16世纪欧洲的宗教改革运动之前开始研究。"

"16世纪，实施宗教改革的国家变得文明开化，而抵制改革的国家变得更加封闭，对个人的思想控制也越来越严格。

宗教改革以前，普通老百姓都不识字，只能依赖罗马教廷的神职人员对宗教内容进行解读。马丁·路德提倡让最下层的老百姓识字、阅读宗教书籍，这一举措的直接影响是社会变得文明开化，众多教徒也有了独立的思想。但那些没有进行宗教改革的国家就相对传统保守，始终恪守宗教的教规、教条、教义，因此他们对爱也更忠诚。总之，社会追求自由、渴望进步，就需要舍弃一些爱。"

"您是说，爱和无知有着紧密联系，而崇尚自由的民族的素质更高。"

"工程师，您理解错了。教育和素质是两码事，更不能说充满爱的人都没有文化。相反，我觉得崇尚自由的人是理性主义者，但他们中的大部分人也很感性，只是文化水平较低。除此之外，那些精英阶层既要追求自由，还懂得爱在生命中的重要性。"

"因此一个人既可以崇尚爱也可以追求自由？"

"爱和自由可以同时体现在一个人身上，但二者的比例绝不相同。有的人喜欢自由更多一些，而有的人更看重爱。通过判断他们对爱和自由的偏好程度，我们就能更好地了解这个人的性格、为人处世的态度和价值取向。"

"那您觉得大部分那不勒斯人拥有博爱、大爱之心吗？"

"你说对了，那不勒斯的普通老百姓会把爱当作生命的最高真谛。10万至20万的那不勒斯人住在米勒街和波斯里波路这个范围内，我们也知道他们的生活习惯，而最地道的那不勒斯人却集中在西班牙人区、佩迪诺区、安东尼奥阿巴特区、迈卡特区的这些街区。街头小贩、大大小小的节日和弯弯曲曲的小马路都是那不勒斯的组成部分。我记得有一个女裁缝住在萨尼塔区，她好像叫拉凯莉娜。她有一个 4 岁的儿子，但她拒绝让孩子打小儿麻痹症疫苗。为了说服她同意给孩子打疫苗，我们不得不求助于一位女警察。过程太曲折了。整个萨尼塔区的居民把神父圣·维参佐看成无所不能的保护神，而拉凯莉娜也觉得他能保佑自己的孩子。她说，孩子 3 岁时因高烧 40℃而患上了支气管炎，当时，孩子睡在小床上，她坐在椅子上就眯着了。一天晚上，圣·维参佐亲自来到她身边叫醒她说：'你快去休息吧，不要多想，我来替你照顾孩子，明天就没事了。'第二天早上孩子不仅烧退了，还活蹦乱跳的就像没生过病。圣·维参佐是西班牙天主教多明我会的一名修士，除了在那不勒斯的萨尼塔区很有名气，那不勒斯其他地方都没有听说过他的名字。最神奇的是，他曾经得过重病，很多医生使尽浑身解数都无能为力，他生气地赶走了所有医生后却奇迹般地康复了。从思特拉区到莱索里奥广场，这些地方每年都会庆祝一个叫 Monacone 的宗教节日，这个节日的消费主义太浓重了。节日的重头戏是在广场上举办歌唱节，当地一些有地位、有名气的女性会邀请著名歌手在广场上唱歌，节日当天还会在圣马利亚教堂举办一些宗教仪式。20 多个患了重病却奇迹般康复的小孩子都穿着多明我会的衣服，其中也包括拉凯莉娜的儿子。这些妈妈一

会儿给孩子一个冰激凌，一会儿叮嘱孩子安静、听话，总之
这些小插曲有点破坏现场神圣的宗教仪式感和氛围。圣·维
参佐到达教堂后，妈妈们把自家的孩子抱起来，在人群的欢
呼声和尖叫声中，小孩子们把手中的蜡烛递给圣·维参佐，
而圣·维参佐则送给孩子们美好的祝福和一件宗教衣服。我
远远地看着这些场面，心想这些仪式和非洲巴鲁巴人的习俗
没有实质区别。我不禁自问道：我们意大利人何时才能摆脱
迷信，何时才能真正地活在文明社会里？后来，我就走到了
枫达南莱公墓附近，向路人询问大门的位置，但是他也不清
楚，建议我直接去问牧师。一位好心的牧师就带我参观了墓
地的教堂，教堂无比阴冷潮湿，数百支蜡烛在寒风中摇曳生
辉，地上还堆满了骨头和头颅，当时还有 10 多个憔悴的女人
跪在地上做祈祷。牧师说，来这里做祈祷的女人，有些是丈
夫或者儿子在战争中不幸丧生了，有些仅仅出于对上帝最虔
诚的信仰。她们从地上的骨头里挑拣出人体的基本骨骼，再
拼接成一个完整的骨架，最后为骨架做祈祷。我经常给她们
纠错，比如她们把胫骨放在了股骨的位置，把骨盆错放在了
肩胛骨的位置。这些错误其实都不重要，最重要的是她们有
最虔诚的信仰。"

第 8 章　公交车上的闹剧

"女士，您得再买一张票。"

"为什么？"

"这个孩子也需要买票。"

"哪个？"

"站在您旁边的这个孩子。"

"我儿子还不满 9 岁，就是一个小屁孩儿。"

"他虽然是一个小孩子，但身高已经超过了 1 米。按照规定，身高超过 1 米的乘客必须买票。"

"他的身高怎么就超过 1 米了呢？通融一下！他明明还不到 70 厘米。"

"您可真搞笑。这孩子身高都已经超过 1 米的铁栏杆了，按规定必须买票。"

"我的天哪！他的身高根本不够 1 米啊。您看，他只是踮起了脚跟，所以个子显得高了一些。"

妈妈的手放在孩子的脑袋上，使劲地往下压，极力想使孩子的脑袋所在的高度低于 1 米的铁栏杆。

"你低一下头。"妈妈对孩子嚷嚷道。

"女士，您别无理取闹了。真不知道您脑子里在想什么，和您说话也真是费劲。总之，如果您不给孩子买票，那他就立刻下车，我说明白了吗？"

"您居然敢把一个小孩独自留在公交站？"

"他又不是我的小孩！既然不能把他丢在大马路上，那您也下去。"

"可是我已经买票了。"

司机和这位女乘客一直在争论小孩是否应该买票。汽车停在原地，车门大敞着。

"意大利怎么就变成了这个样子？"一位带着浓重北方口音的男乘客大声地抱怨道，扭头对司机说，"您到底走还是不走？车上还有这么多乘客等着去上班呢，总不能因为这个事情让我们所有人都等着吧！算了，我来付这个小孩的车票。"

妈妈对着男乘客说："你是谁啊？我和你熟吗？"然后转向其他乘客，扯着嗓门嚷嚷道："今天可真是遇到好人了，居然愿意给我买票。如果我觉得有必要买票，我自己会买。你们男人就知道欺负女人。我丈夫今天没在这里，否则有你们好瞧的。上帝啊，你睁大眼睛看看，为了一张破车票，居然搞出了这么多事情。"

男司机突然吼道："好，您有道理。一会儿碰到警察后我去找他们评评理，我就看看您不给孩子买票，到底该不该下车呢？"

司机狠狠地关上了车门，正要踩油门发车时，车上突然发生了一阵骚动。

"停车，等一下。"很多乘客大喊道。

"又怎么了？"司机不耐烦地问道。

"我们刚才上车是为了看看到底发生了什么事情，你现在得让我们下去啊！"

第 9 章 固定的价格

"今天我想去杜坎斯卡电器店买电视机，"萨维里奥手舞足蹈地说道，"买那个 23 英寸、有 8 个频道的彩色电视机。"

"你这样做其实挺不好的。"贝拉维斯塔教授说道。

"您开玩笑呢！我软磨硬泡，老板最后才给我打了 5.5 折，而尾款还是向银行借款，需要分期 5 年付完，当然银行会收取一些利息。商家知道大多数人没有多余的钱买电视机，所以他们愿意打折低价卖给我们，这样可以少赚一些，否则电视机就永远不可能卖出去。"

"我说的不是钱的问题，是电视可能对你和你妻子、孩子造成伤害。"贝拉维斯塔教授解释说。

"你们还记得波塔梓夫人吗？她有一次梦到了死去的拉法莱，拉法莱告诉她买彩票时一定要选择哪三个数字，然后波塔梓夫人真的中奖了。拉法莱 70 岁那年和楼上退休的艾米莉娅做爱时，猝死了。波塔梓夫人中奖后，就很慷慨地送了我们一台电视机，不过只能收看一个频道，现在还经常出毛病，经常没有声音，人头都是小黄瓜了。"萨维里奥解释说。

我好奇地问道："电视机怎么会是这个样子？"

教授接着说："萨维里奥想说的是，他家电视机里的画面变形很严重，以至于画面中的演员脑袋都像小黄瓜了。我说得没错吧？

"对，画面中的人头就像小黄瓜。"

"你买这台电视花了很多钱吗？"

"为了买这台电视机，我真是费了九牛二虎之力。我上个月看中了一台电视机，假装路过商店随意问了一下价格——绝不能让他察觉到我对电视机很感兴趣。他第一次给出的价格是20万里拉，这简直是漫天要价。因为我的一个堂妹和老板的妹妹曾经在一家工厂里当包装工人，老板就给了一个友情价：13万里拉。我说如果5万里拉可以的话，我就立刻买下这台电视机。他居然说，那就只能等到波塔梓夫人再中一次奖，我就有可能花5万里拉买走那台电视机。

"当天我们就这样不欢而散，后来就是漫长的价格拉锯战。我每次路过杜坎斯卡电器店时，都要进去和老板讲讲价格。他每次都会降价1000里拉，我也会稍微地做出一些让步，提高500里拉。11月底，老板给出的最终价格是10.5万里拉，再也不肯多便宜一分钱，而我却希望以7万里拉的价格成交。那时候马上要过圣诞节了，老板知道我打算给老婆一个圣诞惊喜，所以他猜我肯定会以10万里拉的价格买走电视机。我当然也不傻啊，于是就玩了一个小花招。我就去杜坎斯卡对面的一家电器店，假装准备买一台老式的二手电视机。

"我从家里带着卷尺去量了量电视机尺寸，量完之后故意扯着嗓门说：'这台电视机和我家电视柜的尺寸完全一样。'然后突然朝着杜坎斯卡的老板大声问：'你那台电视机 8 万里拉卖吗？'他倒是毫不犹豫地说：'一口价，给你便宜到 8.5 万里拉，再给服务员 500 里拉的小费。'就这样，我终于买到了一台新电视机。教授，从明天晚上开始我家就不用只看那一个固定的频道了。您愿意赏光来我家一起看电视吗？"

"谢谢你，你知道我从不看电视。你做的最重要的事情就是和老板讨价还价。如果你出生在瑞士，要去苏黎世买一台电视。瑞士人没有讨价还价的习惯，老板说多少钱你就得付多少钱。"

"但是，同样的商品，苏黎世的标价会比那不勒斯便宜得多。"

"这不重要，固定价格是自由的一种表现。你也许会问，难道不应该所有人都付相同的价格吗？其他人接着说，这样确实更有道理，但是这样做让整个购买过程很没有人情味，只是冷冰冰地交易。"

"这是什么意思呢？"

"例如今天你去苏黎世的一家大型商场，你可以买任何你想买的东西，比如你买了一桶红色的颜料，没有人问你为什么要买颜料，更没有人问你为什么是红色而不是天蓝色。你拿着颜料去收银台付款，然后从收银员手里接过小票，最后离开商场。"

"难道收银员一定要说点什么吗？"

　　"你不妨想象一下，假如我今天去思冠廖先生那里买一桶红色颜料，他的商店就在梅尔杰利纳附近。我进入商店后，肯定要和他寒暄一会儿，互相问一下对方的近况，聊聊家长里短。寒暄过后，他才会问我：'教授，今天您需要买点什么？''我想买一桶 5 公斤的红色颜料。''红颜料？您要做什么？''我的一个租客想要把他租的那个房间涂成红色。''什么？这个租客是不是有那么点儿色啊？''您不要开玩笑，这个租客人很老实本分！他的兄弟在那不勒斯银行工作。''我明白了。'我和思冠廖先生就这样一问一答，我结账之后，并没有立刻离开，两个人又开始聊私人事情、国际经济与政治形势，谈到了物价上涨、税费增多等。事实上，我和他从我的租客开始聊起，最后还会聊到我和租客如何分摊这桶油漆钱。因此，熟人见面总少不了一阵寒暄和闲聊，最后没有话题可聊，我才离开。"

　　我接着说道："现在大型商场里的价格都是固定的，食物也不例外，梨、苹果、橙子各种水果都装在塑料袋里，袋子外贴着标签，标签上清清楚楚地写着重量和价格。顾客都无须像以前对售货员说：'给我来 3 斤橙子，只要汁多味甜的。'"

　　萨维里奥说道："我老婆每次去买水果时，比如买苹果，她都会仔细地一个个地挑选。但是卖水果的老板卡门尼洛，这个乡巴佬总是直接抓起苹果上的那个叶子，一抓一大把，直接放在购物袋里，还说不能一个个地挑，不管苹果的好坏，拿起什么就是什么。"

"我有一个朋友在米兰工作,他在里纳思特商场购物时也要讨价还价。"路易吉诺说道。

"他疯了吗?在那里居然也敢这样做?"

"他叫乔瓦尼·佩尼奥,也是那不勒斯人,不过在米兰已经生活了5年。他和我说,每次去里纳思特碰到自己喜欢的东西,例如一个烤面包机的价格是15000里拉,他就对售货员说:'美女,我想花10000里拉买下这个烤面包机。'服务员回答说:'先生,价格是固定的,没有折扣。'但他绝不轻易放弃,接着说:'我知道价格是固定的,但我们这次就把零头抹去,您就按照10000里拉的价格卖给我吧。''这不是零头的问题,里纳思特的价格是统一的,不接受讨价还价。'"

"天哪,你这朋友可真有意思。然后呢?"

"乔瓦尼就要求见商场的部门经理。"路易吉诺这个时候故意模仿女售货员的声音说道,"'和经理说也没用,价格就是固定的,您就别浪费时间了。'乔瓦尼软磨硬泡终于见到了经理,便开始对经理诉苦:'经理,我家里其实有一个烤面包机,但不知道什么原因就不能用了。我拿到修理工那里去修理,修理师傅和我要5000里拉的修理费。5000里拉可不是一笔小数目。我想直接再买一个新的。万万没有想到,烤面包机居然涨价了,涨到了15000里拉。我现在是进退两难,是花5000里拉的修理费呢,还是多花5000里拉买一个新的呢？'经理听完之后说道：'您想怎么做就怎么做，总之里纳思特的价格是固定的，不会给任何人以任何理由降价。'这时乔瓦尼就使出了最后一招，对着经理说：'您可能不知道，我和里纳思特女士可是好朋友。'经理毫不犹豫地说：'您就瞎说吧，根本没有什么里纳思特女士。''千真万确，真的有里纳思特女士，只是您不知道而已。'"

"那他最后到底花了多少钱呢？"塞尔瓦托好奇地问道。

"15000 里拉。"路易吉诺说。

"那他到底占了什么便宜？"

"他每次去里纳思特商场时，所有的售货员都认识他，还给他起了一个外号，叫'里纳思特女士的好朋友'，所有人看到他都会对他微笑。"

第 10 章　我的母亲

　　我妈妈出生于 1883 年，那时意大利统一还不到 20 年，家里人都说那不勒斯方言，我爷爷和奶奶也只会说方言。

　　那个时候，我们家人觉得坐飞机就是去送死。我举这个例子是为了让读者明白，我和家人的沟通是多么艰难。我大学的专业是工程学专业，毕业之后找到了一份与计算机工程有关的工作。

　　"妈，我找到工作了。"

　　"好儿子，你真棒。这么多年来，我每天都向保护神圣安东尼奥祈祷，希望他帮助你顺利毕业，找到一份理想的工作。每次祈祷时，我心里总想：真不应该让你选择工程学，要是学会计就好了，毕业之后就能去银行工作。在银行工作多安稳啊，我和你爸也不用替你操心了。不管怎么样，我的祈祷总算是灵验了。听妈的话，放下电话，就去教堂祈祷，感谢保护神圣安东尼奥，你终于找到了工作。对了，你是做什么工作呢？"

　　"IBM 录用了我。"

　　"这是什么地方？安全吗？我从来没有听说过这个名字。"

我小姨比我妈妈小了很多岁，所以对社会上的事情懂得多一些。她对我妈妈说："朱莉娅，你什么都不懂。现在家用电器特别流行，斯巴拉诺的老公开了一家家用电器商店，他们可真没少赚钱，现在不仅买了梅赛德斯汽车，还在伊斯基亚岛上买了别墅。"

"这和家用电器有什么关系。我是做计算机工程的！计算机不是普通的家用电器，是一种电子设备，功能特别强大，能在一秒钟内完成数千次计算！"

"这东西会伤到你的。"

"妈，怎么会伤害到我呢？我是负责销售和出租计算机的。"

"儿子，妈并不是打击你的自信心，你想想看，谁会去买这些计算机呢？那不勒斯都没有什么需要计算的。"

"所有的大型公司都需要计算机！"

"用计算机做什么呢？"

"每个公司都有财务部。比如，银行需要计算机结账、工厂需要给工人发工资，那不勒斯市政府需要核算政府的财政收入，等等。"

"那不勒斯失业人口那么多，他们难道有闲钱去买计算机吗？再说了，如果真的需要找人算账的话，工厂的老板直接去找那些失业的人，我保证他们的计算速度比你的计算机还要快。你要是有机会去那不勒斯银行工作，那才是最好的选择。"

"妈，您就别操心了。我肯定能做好这个工作。"

"这计算机多少钱啊？"

"有很多种类型，但是我们公司主要是把计算机租给企业，出售的比较少。"

"出租？那租金有多少？"

"不同的型号租金也不一样，有的租金很高，有的就很便宜。例如，有的计算机一个月的租金就是 100 万甚至能达到 1000 万里拉。"

"每个月 100 万里拉？我的天哪，居然这么贵。谁疯了会租这种东西呢？儿子，你做人要老实，上帝在看着呢，你要记得'善有善报，恶有恶报'。"

就这样在圣安东尼奥的保佑下，在上帝的注视下，1961 年我开始了人生中的第一份工作。说实话，万事开头难，那时的那不勒斯人对计算机一窍不通，也不知道计算机强大的计算和存储能力，更何况那时还没有出现"电子信息学"这个概念。

"工程师，我们卖出一件商品，就要在 IBM 公司提供的专门卡片上打一个小洞。那谁来负责打洞呢？ IBM 公司会给我们派人吗？"一个潜在的顾客好奇地问道。

"IBM 公司会给客户提供专门的打孔机和卡片，并对客户进行专业培训，教会大家如何使用这个打卡机。"

"卖出一件商品，就要在这个专门的卡片上打一个小孔。办公室本来也不大，一年后卡片就会堆满整个办公室，那如何处理这些卡片呢？我个人觉得，这东西并不适合那不勒斯，比如我家是面条加工厂，顾客每天进进出出，买完面后直接付款，我们也不会出具小票。我们家甚至都没有账本，我每天的收入支付了工人的工资和日常支出，剩下的钱就是实际收入，我和我弟弟平摊这些剩余的钱来养家糊口。倒是米兰、都灵有很多卖汽车的工厂，这种卡片倒是很适合他们。"

万事开头难，但慢慢地那不勒斯的工厂也开始接触这些新技术。现在那不勒斯的技术人员和北方相比没有任何差距，甚至某些技术领域还超过了北方。

虽然社会在进步，但是我妈妈一直对科技没什么兴趣，尤其是对儿子的工作很有意见，更是想不明白为什么一个机器月租就能高达 1000 万里拉。

后来因为工作的缘故，我从那不勒斯搬到了米兰，从销售经理变成了公关部主任，事情却变得更加复杂。每次给妈妈解释什么是公共关系时，我都绝望得要死。

"你每天早上 9 点去上班，打开商店大门之后，你具体做什么工作呢？"

"妈，我不是去商店里工作，我是负责开拓公司和海外市场的关系。您明白了吗？"

"不知道你在说什么。"

我小姨就又开始插话："姐，你家儿子就是要负责和公司的客户搞好关系。"

"那公司会给他发工资吗？"

　　"为什么不给他发工资呢？公共市场关系是美国人提出的一个重要理念。你儿子每次去见客户，就会对客户说'您今天的气色真好，一起去喝杯咖啡，怎么样？'之类的。"

　　"那他一天得喝多少咖啡啊？"

　　"他去咖啡馆也并非一定要把咖啡喝完，仅仅是请客户喝咖啡。他的主要工作就是维护好和客户的关系，让客户满意，以便租、买他们的计算机。"

　　"难道他以前对客户不友好吗？"

　　"现在必须对客户更友好。"

　　不管我如何解释，我妈妈也没弄明白什么是公共关系。在她看来，人与人之间的人情和人际关系都是免费的，我的这个工作简直难以理解。最后我也懒得和她费口舌解释工作的内容了。现在我每次回到那不勒斯，和关心我的人聊起工作时，他们还是很难理解。前天，身兼数职的唐·帕斯卡力诺来家里给我理发——他除了是理发师，同时还卖不值钱的古董，也是一名手艺不精的水工——给我刮胡子时突然问道：

　　"您是负责盖高楼大厦的吗？"

　　"我在 IBM 工作，它主要生产计算机。"

　　他接着很好心地说道："工程师，这玩意儿有什么用啊？您一定要多注意身体啊！"

第 11 章　伊壁鸠鲁

美丽和美德及其他类似的事物都值得尊重，

如果它们能带来快乐和享受，

相反请给予它们最基本的礼貌。

——伊壁鸠鲁《雅典》第 12 章

"贝拉维斯塔教授，你怎么看待意大利目前的经济形势？"帕鲁多博士问道。

"意大利的经济一片繁荣。"教授毫不犹豫地说道。

"有时候你说话总是让我神经紧张。"帕鲁多博士埋怨道，"意大利的经济真的是一片繁荣吗？一聊到严肃话题，你就随便乱开玩笑，说一些耸人听闻的话，故意吸引大家的注意力，哗众取宠。"

萨维里奥插嘴道："帕鲁多博士，您不要生气嘛！教授也提到，只是还有一些人认为意大利的经济还和 50 年代一样繁荣。"

"帕鲁多博士理解得完全正确，我确实说了意大利的经济一片繁荣。换句话说，意大利人的生活水平达到了前所未有的高度。我这样说是通过对多个节日的观察分析，最终推断出意大利大约有 5000 万的亿万富翁。"

帕鲁多博士坐下说道："那我们洗耳恭听。"

"维多利奥，你肯定不记得第二次世界大战前意大利人的日子是多么艰难，毕竟那时你还小。你爸爸经历过那段时期，他肯定记得一清二楚。那个时候，意大利国力衰弱，家家户户过得都很拮据，大家能填饱肚子就不错了。富人一周最多也只吃上一两顿肉，平时也只是鸡蛋、蔬菜和奶酪。别看现在满大街都是餐馆，那个时候根本没有餐馆。普通家庭都是妈妈们下厨做饭，家境稍微殷实的也许还能雇得起女用人。她们几乎一辈子都吃住在雇主家里，现在想找这种稳定、踏实、能干的女用人，打着灯笼都难找。"

"女用人就是现代社会对他人的奴役。"帕鲁多博士不服气地说。

"维多利奥，你说话太夸张了，她们绝不是雇主家的奴隶。这些女用人是每个那不勒斯家庭的核心支柱。她们甚至守身如玉，一辈子都没有嫁人。雇主把她们当成家人，所以她们一般也不会去市政府做劳工登记，也无须缴纳各种税费、保险费。她们一把屎一把尿地带大雇主家的孩子们，视如己出，而孩子们待她们也像亲妈。"

路易吉诺说："我小时候，我们家有一个保姆叫肯蒂娜。我出生那年她大概有 40 来岁，在我家已经做了 20 多年的保姆了。肯蒂娜看着我一天天地长大。有一次我得了斑疹伤寒，她守在我床边四天四夜没有合眼。我想去电影院或是想买个栗子糕小零食时，总是找她要零花钱。她在我们小镇上没有亲戚，她去世之后是我们家人为她举办的葬礼。后来在她的房间里没有找到一个钢镚儿，所以她赚的那点工资肯定都一分不留地花在了我和哥哥们身上了。

"我们在她的房间里找到一张她 20 来岁时的照片，她和一名年轻的海员亲密地拥抱在一起，照片的背面写着：'致我最亲爱的古斯达沃。'除了照片，还有我在学校里画的画、我和我哥哥们第一次做圣餐的照片、保护神圣乔治的照片。传说，圣乔治杀死过龙，所以肯蒂娜是他的虔诚教徒，她经常向圣乔治祈祷保佑我们全家。我爸爸当兵上前线时，她经常向圣乔治祈祷发誓，只要他能保佑爸爸平安回来，她一辈子都不再吃水果。"

帕鲁多博士说："不管怎么说，你们都没有给她缴纳过税费和保险费。"

"这个我就不清楚了，总之我们像家人一样对待她。如果我们去市政府为她做劳工登记，像老板给职员买保险、缴纳税费，我觉得她内心肯定会很难受，觉得我们没有把她当成家人。"

"这只是你的说辞。即使你们已经把肯蒂娜当成家人了，但很多时候，别有心机的人会利用普通人的无知而达到自己不可告人的目的。"

贝拉维斯塔教授难过地说："维多利奥，我越来越看不懂你了。"

"我越听越糊涂了，肯蒂娜和意大利繁荣的经济有什么关系呢？"塞尔瓦托迫不及待地问道。

"塞尔瓦托，你说得对，我们已经偏离了中心话题。第二次世界大战前，富人的生活其实也没有那么阔绰，只能买到生活必需品。我小时候，家里逢年过节和平时几乎没什么两样，生日常常被忽略，我也不知道什么是圣诞老人，主显节和命名日也就随便糊弄一下。那个时候我一直想要一个木马玩偶，但是爸爸一直没有给我买。直到有一次我生病了，家庭医生和爸爸说我的病情很严重，甚至有生命危险，爸爸才忍痛给我买了那个玩具。"教授说。

路易吉诺说："那时还有一种礼物，但现在已经不存在了。"

"什么礼物？"

"几十年前，如果小孩子去亲戚家玩耍，比如去姑姑或奶奶家，亲戚们会很热情地给小孩子一些饼干或糖果，一些他们平时吃不到的东西，小孩子就高兴得不得了。现在就完全不一样了，姑姑给侄子侄女几块糖，小孩子最多说一句'谢谢'，看都不看一眼。"

教授继续说："那时的日子确实简单。没有人会过周末，当然也不存在周末这一说，度假更是天方夜谭。我父母一辈子也只在银婚纪念日去过一次卡普里岛，他们寄给我们一张明信片，上面写着：'来自卡普里岛的问候——爱你们的爸爸妈妈。'"

"这和经济繁荣有什么关系呢？"帕鲁多博士又问道。

"当然有关系。虽然现在全世界经济都不景气，但人们的消费娱乐热情丝毫不减：电影院、剧院、体育场、度假景区到处都是人，没有什么能阻挡意大利人的购买欲。"

"你这是自欺欺人。我打赌今年工人和农民们的生活水平将大幅度下降。当然不能以卡普里岛和圣莫里兹作为例子，毕竟这两个地方几乎没有受到经济危机的影响。"

"我不同意你的观点。你刚才举的例子都不能作为判断经济好坏的指标。工人和农民并没有缩减或停止消费，不管是购买菲亚特500，还是日常生活买肉类，他们的购买力一直在增强。"

"他们为什么要放弃消费呢？"

"这是另外一个话题。我想说的是，虽然报纸每天都在报道经济危机，但普通市民并没有受到经济危机的影响，生活质量依旧保持着高水准。"

"那我们应该做些什么吗？"塞尔瓦托问道。

"伊壁鸠鲁曾对友人彼特勒说：收入的增加不会让你变得富裕，只有降低自己的欲望才能变富。"

"什么意思？"

"如果我们每个人都降低自己的物质欲，就不会有经济危机了。"

"彼特勒是圣人伊壁鸠鲁的信徒。"

"伊壁鸠鲁不是圣人。不过话说回来，以他的功劳也称得上圣人了。"

"那为什么不把他归为圣人呢？"

"他出生于公元前 4 世纪，几乎所有人对他的评价都不高。"

帕鲁多博士补充说："伊壁鸠鲁还说过人类只知道吃喝玩乐。"

"他就是个傻子。教授，您说的享受生活指的是尽情地满足七情六欲吧？"萨维里奥问道。

"天哪，我们的谈话正在抹黑他的声誉。"教授抗议道。

"帕鲁多博士还说过，伊壁鸠鲁是一个经验超级丰富的人。"

"你们还是没听明白。我用 5 分钟给你们解释一下伊壁鸠鲁的主要思想。那不勒斯人性格的好坏和他有着直接的关系。"

"真的吗？"

"菲洛德穆是伊壁鸠鲁的学生，大约生活在公元前 1 世纪。他来到那不勒斯的埃尔科拉诺，在那里创办了一所学校，教学模式和伊壁鸠鲁在雅典创办的花园学校一模一样。菲洛德穆在这所学校里教那不勒斯人对欲望进行层次分类，并且敢于蔑视权力。"

"一直以来，那不勒斯人都很擅长思考、善于反思。"萨维里奥说。

"伊壁鸠鲁认为，人活在世上有三种欲望。第一层次的欲望是天生的，也是必不可少的；第二层次的欲望也是天生的，但并非必不可少；第三层次的欲望就是虚荣自负的欲望，不是天生的，更不是必需的。"

"我没有听明白，您指的是哪些欲望呢？"

"第一层次的欲望包括吃饭、喝水、睡觉、友谊。"

"吃饭、喝水、睡觉、友谊就够了吗？教授，您不觉得漏掉什么了吗？"

"萨维里奥，伊壁鸠鲁认为性欲属于第二层次的欲望，这是人类与生俱来的，但并非必不可少。"

"我不赞同他的这个说法。"萨维里奥反驳道。

"伊壁鸠鲁认为，吃喝是人类的基本需求，但并不是说可以毫无节制地吃喝。人们不应该有很强的物质欲，基本生活得到保证后，就应该心满意足了。人无非就是靠面包充饥，喝水解渴，躺在草席上睡觉。"

"伊壁鸠鲁的生活到底有多么糟糕啊！"

"第一层次的欲望都是基本需求，当这些需求得到满足后，人类就想尝试第二层次的欲望。"

"比如说？"

"奶酪不是生活必需品，但夹着奶酪的面包绝对比干面包片好吃，人们一般都喜欢吃有奶酪的面包。人们会询问价格，如果价格合适就买有奶酪的面包。相反，如果价格超出了自己的经济能力，他肯定会说：'谢谢啊，我已经吃过了。'

"吃得更有营养、睡得更香、追求艺术、做爱、听音乐等都属于第二层次的欲望，这些绝不能像第一层次的欲望可以一概而论，需要在实际情况中具体分析它们的优点和缺点。我说明白了吗？"

"那我们假设萨维里奥今天认识了一个大美女，而美女也想和他上床做爱。"

"要是这样就好了，"萨维里奥发出了尖叫声，"但我绝不会给她一分钱。"

"这个美女的外貌刚好符合萨维里奥的审美观，但是如果萨维里奥必须付10万里拉才能和美女共度良宵，那他就不会对美女感兴趣了。"

"10万里拉？她真以为我有那么多钱啊！如果我只需付5000里拉，并且她对我很好，那我还可以考虑考虑。"

"如果这位美女是黑社会老大的情人，且这老大知道了萨维里奥和自己的女人有染，那他就完蛋了。在这样的情况下萨维里奥会做什么选择呢？"

"萨维里奥会害怕死的，他立刻就说自己对女人没兴趣。"塞尔瓦托说道。

"塞尔瓦托，我不是故意冒犯你，我才不害怕任何人的威胁。世界上有那么多美女，我为什么一定要和社会黑老大的情人来往呢？我说得不对吗？"

"萨维里奥最后会做什么选择呢？他权衡了与美女交往的利弊，认为这件事情并不是非做不可。这就印证了伊壁鸠鲁的观点，第二层次的欲望可有可无，不会影响到人的基本生存。"

"我觉得，这个观点并不是很有道理。"萨维里奥反驳道。

"刚才我们提到，人类面对第二层次的欲望时，内心会深思熟虑这其中的利弊。现在我们以工程师的工作为例进行实际分析。"

"以我的例子进行分析？"我吃惊地问道。

"工程师，您是一家公司的职员，目前的工资收入比上不足、比下有余。但是如果您突然想在海边买一套别墅的话，那就得没日没夜地工作。即使您对上司心怀不满，也得夹着尾巴做人，甚至要远离家人，去米兰奋力打拼。您所做的一切都是为了能买得起海滨别墅。海滨别墅并不属于第一层次的欲望，没有它也不影响您的正常生活。那么，伊壁鸠鲁在这种情况下会做什么选择呢？他肯定会说：'我对现状很满意，我才不在乎海滨别墅呢。'"

"教授，你口中的伊壁鸠鲁比我了解的更糟糕。"帕鲁多博士说道，"这根本算不上哲学，他太肤浅了，我立刻就能反驳。首先，如果工程师是按照伊壁鸠鲁的逻辑思考问题，那么他就不可能成为工程师，也不可能拥有现在舒适的生活。其次，工程师对待工作十分上进、经常加班，那也不一定是为了买别墅。很多人努力工作就是出于对工作的认真负责的态度。最后，工程师努力工作就是做出了很大的牺牲吗？万一工作给工程师带来了很大的乐趣和成就感，那他为什么要放弃这种快乐呢？"

　　"维多利奥，伊壁鸠鲁的哲学观并不肤浅，肤浅的是你，你根本没有明白我说的内涵。我先解答你提出的第三个异议，也就是你觉得工程师很有可能在享受工作带来的乐趣。你的猜想很奇怪但也不能完全排除这种可能性。如果把'没日没夜地工作'从缺点移到优点那一列，这也不能说明伊壁鸠鲁的观点不正确。一个人决定是否享受某种欲望之前，肯定要综合考虑多方面的因素。一个人是工作狂，说明他忽视了生活中的其他方面，例如妻子的爱意、陪伴孩子、阅读、茶余饭后去散步等。每个人可以根据自己的兴趣喜好，对第二层次的欲望进行先后排名，但绝不能让毫无意义的欲望凌驾于第一层次的欲望之上。"

　　"那是什么意思？"

　　"例如，两个人对彼此产生好感后，才会慢慢地建立友谊。但现代人每天忙于工作，而工作占据了一天的黄金时间，留给我们和他人相处的时间少之又少，因此我们都没有机会满足第一层次的欲望。"

　　"但是从来没有人说过，工程师为了工作必须放弃家庭和朋友啊！"

　　"工作是否影响到了个人私生活，这是一个界限的问题。如果工程师每次都按照伊壁鸠鲁的哲学观思考问题，那么他就不会努力地学习，也不会得到这份令人羡慕的工作，更不会拥有幸福美满的生活。况且伊壁鸠鲁根本没有说过，人们无须努力上进，只靠空气就可以活下去之类的话。如果真的有人每天无所事事、不求上进，那么他的基本生存都是一个大问题，是否能活得下去都是一个疑问。伊壁鸠鲁也许会对工程师说：'如果你有时间，就应该努力学习、工作，但也不要忽略上帝给予你更重要的东西，也就是工作带来的满足充实感！'修鞋工用双手抚摩着亲手做好的鞋底，脸上洋溢着满足感；木匠相信木头可以变成精美的家具；艺术家眯着眼睛很有成就感地欣赏着自己的作品——我完全明白工作带给他们的成就感。但我不理解为什么普通职员希望被提拔成经理，为什么议员希望成为部长。人们渴望获得权力，并不是因为权力带来的好处，而是为了享受权力带来的感觉。蔑视权力是伊壁鸠鲁学派思想的基础。权力就是人类内心一种毫无价值的虚荣感，这种感觉是与生俱来的，但不是生存的必需品。成为部门经理或公司老板，戴着价值连城的钻戒，即使这些可以轻而易举地获得，但我觉得每个人都应该尊重自己，所以要学会拒绝这些诱惑。"

帕鲁多博士说："如果一个人想成为部门经理，这和你有什么关系？能对你有什么不好的影响吗？"

"对我没有任何影响，但对他却有极大的影响。他渴望获得地位，获得一种毫无意义的快乐和虚荣感，那么他必然会和同事产生激烈的竞争。世上所有虚无空洞的快乐都具有竞争性，但人们并非天生就有这种欲望。当置身于某种具体的环境中时，例如从多位员工中挑选一位成为经理时，所有人都希望自己成为幸运儿，竞争就在所难免了，同事也就很难成为无话不说的好朋友。再举一个例子，我常常在午夜去梅尔杰利纳散步，会碰到一些老朋友，当然也经常遇到路易吉诺。我说的没错吧？"

"对啊，我们遇到了好几次，边散步边聊天，甚至能聊到半夜两三点。教授有时对我说：'我陪你走到你家门口。'当走到我家楼下时，我又不忍心让教授一个人走回去，我就会对他说：'教授，我还是先把您送回家里吧。'到了他家楼下时，他又不放心我自己一个人走回去。我们就这样来来回回地，你送我我送你，一直聊到很晚。"

"人们除了散步，还能畅快地聊天。"贝拉维斯塔教授感叹道。

"这有什么关系呢？"帕鲁多博士质问道。

"当然有关系了。我和路易吉诺深夜散步聊天的例子就很有启迪性。大家不妨想想看，任何一个有权有势的人，例如基辛格、勃列日涅夫、卡利、参菲斯他们不可能有机会在深夜和朋友散步聊天。首先，他们大晚上不一定有时间和心情出门散步；其次，他们未必有愿意敞开心扉聊天的知心朋友。"

帕鲁多博士反驳说："教授，你举了一个什么例子啊！你和路易吉诺两个人大晚上不睡觉，专门去散步聊天，那是因为第二天你们也没有什么事情要做。我真是无法理解你的这种享乐主义。"

贝拉维斯塔教授不满地回答："你不要信口雌黄，不要把伊壁鸠鲁的节制主义和昔勒尼学派的享乐主义混为一谈。"

"博士，您说的话真让我感到吃惊，"萨维里奥用质疑的眼光看着帕鲁多博士，"活在当下、及时享乐绝不是伊壁鸠鲁所推崇的，恰恰相反，这是阿瑞斯提普斯对享乐主义提出的看法。"

"我完全同意，但是我也绝不能接受无政治倾向的生活。嬉皮士那帮人衣衫褴褛，居无定所，过着流浪汉的生活，不停地批判这个社会，看到他们我就觉得恶心。"帕鲁多博士说。

"嬉皮士的理念和伊壁鸠鲁学派完全不搭边，他们就是一帮玩世不恭的人，你就是把伊壁鸠鲁和第欧根尼搞混了。"

萨维里奥突然说道："博士，今天你可真倒霉，你只要一开口说话，别人就反对。"

"伊壁鸠鲁曾说过，人类的第一美德应该是学会克制，做事情要有分寸。那不勒斯绝不是让人们为所欲为的城市。一个人过分勤快未必是优点，它也会像懒惰一样，带来致命的伤害。"

我说："如果我没有记错的话，前几天您说过中国古代哲学家也强调做人做事要把握分寸，不能越界。"

"不仅中国哲学家推崇这样的思想，印度和一些古希腊思想家也提出了类似的观点。孔子的孙子孔伋是第一个提出'中庸'的中国哲学家。之后道教思想家庄子对'克制'做了系统的阐述，并对'恰当的行为举止'和'相对幸福论'进行了深刻的分析。"

-
078
-

078

"庄子和孔伋的理论，让人听得云里雾里。"

"在今天你们离开之前，我还想谈一谈该理论的最主要支持者：亚里士多德。亚里士多德的理论可以追溯到柏拉图的时代，柏拉图认为道德是人们行为举止两个极端之间的调节点。"

"教授，我什么也听不懂了，只有您自己知道自己在说什么。"萨维里奥有气无力地说道。

教授滔滔不绝地说道："现代哲学之父约翰·洛克曾说过：'学会控制自己的欲望会提高我们内心的自由感。'享乐主义学派的哲学家和乌托邦流派的哲学家一直势不两立，但一直都是乌托邦流派占据上风。我觉得，并不是因为乌托邦流派的思想更好，只是因为他们的支持者更多。18 世纪末，德国诞生了一大批唯心主义哲学家，例如康德、费希特、黑格尔。他们不停地宣传自己的思想，发表了很多文章，那些享乐主义流派的哲学家，例如杰里米·边沁和斯图尔特·密尔的声音就逐渐被淹没了。"

"教授，您在说什么啊！"

教授完全陶醉于自己的世界里，继续说道："接下来就要说说卡尔·马克思和弗里德里希·尼采了。尼采对节制这个观点深恶痛绝。他每次听到别人说与克制有关的内容时，都会朝人家吐口水。"

塞尔瓦托说："教授，我真的什么也听不懂了。您刚才说的弗里德里希·尼采到底是何方神圣？他为什么要朝别人脸上吐口水啊？”

教授继续说："尼采曾说过：'每个人都有遗憾，一个人一直对过去的遗憾耿耿于怀，这并非遗憾本身造成的，而是这个人对待遗憾的态度使自己一直活在遗憾中。'"

"教授，我已经完全听糊涂了。"萨维里奥绝望地说道。

"好吧，我现在给你们讲一个很简单的故事。有一天，庄子去找他叔叔……"

"他的叔叔是孔子？"

"孔子的孙子是孔伋，庄子是中国道教哲学家。有一天，他要去叔叔家，但是必须经过一片树林。因为走了很长时间，他感觉体力不支，于是坐在一棵橡树下休息。大约过了10分钟，来了几位伐木工人。他们立刻开始砍伐橡树附近的杨树。这时，橡树就开始对庄子说……"

"橡树居然会说话？这算什么哲学家，简直就是个大骗子。"萨维里奥用嘲讽的语气说道。

塞尔瓦托对萨维里奥说道："这就是一个寓言故事，你听教授把话说完。"接着他又对教授说："教授，那棵橡树对哲学家说什么了？"

教授继续说道："橡树对庄子说：'这些伐木工人来砍伐那些有使用价值的树木，现在你就明白我为什么要花500年的时间让自己变成一块朽木了。'庄子恢复了体力，继续赶路，打算一回家就提笔写一本关于无用之辈的文章。当他到了叔叔家，叔叔就吩咐仆人杀鹅招待庄子。仆人问庄子叔叔：'应

该杀下蛋的鹅，还是不下蛋的鹅？'叔叔说：'杀那只没用的
鹅。'庄子回家以后，从伐木工人伐木和叔叔吩咐杀鹅的故
事有感而发，悟出了'人生要把握好尺度'的道理。"

第 12 章　超速

　　"现在堵车这么严重，根本不是道路的问题。那不勒斯人真是懒得要命，去附近的超市买一包烟，必须开车。用那不勒斯人的话说：'为了买辆汽车我每天拼命工作，现在终于美梦成真了，我当然要好好地使用汽车了。'您知道那不勒斯人在每个周日下午 5 点半左右做什么吗？我说出来您都不相信，全家人一起开车去海边卡拉奇洛路兜风，沿着梅尔杰利纳、卡拉奇洛路、米勒路、克里思皮路，最后回到梅尔杰利纳。他们绕够三圈，正好回去看《旋转木马》这档节目。所有人好像都很享受堵车的感觉。"我坐在出租车上，司机因为堵车不得不停下来，对我这样说道。

　　"我觉得，交警也有责任。人们不遵守交通规则，他们也熟视无睹。比如说，那不勒斯人开车时都喜欢无缘无故地按喇叭……"

　　"人们无缘无故地按喇叭只是为了打发无聊。现在家家户户都有汽车，人人都是司机。您看，前边这辆车还打算插我的队。"司机这时毫不客气地朝着插队的菲亚特 500 大吼，"我看看哪个臭不要脸的，光天化日之下就这样不守规矩，到处乱插队。天哪，还是个女司机，现在女人都开始乱飙车、乱插队了。这些女人为什么要到处插队，老老实实地当家庭主妇不好吗？您也看到了，要不是我及时刹车，刚才就撞上去了。"

"难道不是因为您向后扭头和我说话才差点撞到的吗？"我问道。

"您开什么玩笑呢。我开了 22 年的车了，可从没有发生过交通事故。我经常被其他车子撞到，但几乎没有收到过罚单。我舅舅在市政府工作，每次收到罚单时，他总是有办法帮我把事情悄悄地解决。不幸的是，他不久前去世了，再也没有人替我撤销罚单了。我最近因为在禁停车区域乱停车而收到了几次罚单。说到罚款，我可是世界上唯一一个因为追赶灵车而超速被罚款的司机。"

"什么？您居然追赶灵车？"

司机转动着方向盘一脸骄傲地说道："对啊，那天我跟在一辆灵车后边，我的车上坐着死者的老伴儿和她的两个侄子。当时走到了佛里亚路，老太太突然就号啕大哭，边哭边喊：'乔瓦尼，你怎么就忍心丢下我一个人，我也不想活了。'突然她就打开右后窗的玻璃，想跳出去。当时马路上到处都是车。那不勒斯有句俗语，人在伤心时总是会失去理智，做出疯狂的举动。坐在老太太旁边的那个侄子拉住了她的衣服，这才避免了一场悲剧，我、两个侄子、其他车主都被吓得不轻，现场真是一片混乱，我们费了好大劲儿才让老太太的情绪平静了下来。

"安慰老太太的这段时间，前边的灵车早就不见踪影了，于是我开始追赶灵车。当时在我前边还有一辆挂着那不勒斯车牌的私家车，我猜司机一定是个外国佬，因为遇到红灯他都会规规矩矩地停下来等绿灯，这又让我浪费了不少时间。差不多到了卡洛三世广场那里时，我终于追上了灵车。当我不慌不忙地跟在灵车后边时，坐在副驾驶座的侄子突然大喊道：'前边的灵车不是我叔叔的灵车。'

"我心里一慌，居然跟错了灵车。'天哪，乔瓦尼，不要丢下我一个人不管。'老太太又是一阵号啕大哭。'婶婶，您不要这样子。'两个侄子大声地说。反正我的车里又是一片混乱，我的脑壳都要炸掉了。我在车上隐隐约约地看到卡波迪基诺的上坡路那里有一辆灵车，不管三七二十一，我狠狠地踩下油门，朝着卡波迪基诺的方向奔去。正在这时，前方又出现了一个交警，手里挥动着指示牌，示意我停车。我还能怎么办呢，只能停车说明情况。

"经过一番唇枪舌剑，交警已经被我说服了，同意放行，可是谁也没有想到老太太又出了一个幺蛾子。趁着那两个侄子不注意，老太太又想在卡波桥的上坡路那里跳桥寻死。我当然不能眼睁睁地看着老太太寻死，我本想快速地冲到老太太身边抓住她，没想到把旁边的交警给绊倒了。当然我也摔倒了，膝盖还受伤了。最后的结局是：在场的所有人都不同程度地受伤了，老太太却毫发无损。"

第 13 章　破旧的房子

鸟儿有窝

蜘蛛有网

人有友谊

——威廉·布雷克

"杰那罗，我每次和你讨论某个话题时，最后却没有任何的结论，这是我的错。你总是列举一堆谬论和奇闻逸事来佐证你的观点，这是那不勒斯人的典型做法。而我生活工作在米兰，习惯用理性来分析问题。所以，我们每次聊天都以我大发脾气而收尾，你却在那里偷着乐。今天，我一定要克制我的脾气，保持冷静，使我们的聊天有一个实际的结果。"

"实际的结果？"

"我希望你能够发自内心地承认，伊壁鸠鲁学派的思想和那不勒斯式的哲学观根本不会带来任何文明的进步。你就不要再狡辩了。"

"那我们就没有讨论的必要性了。我觉得，伊壁鸠鲁学派的思想和那不勒斯式的哲学观根本不会带来你认为的那种文明的进步。"

"你什么意思？"

"问题的实质并非是人们想过上什么样的生活。我们首先要搞清楚'文明的进步'到底指的是什么。"

"那不勒斯的破房子、污染的海水、失业、霍乱等，这些都是社会文明进步的体现吗？"

"自古以来，生活的意义就是人类苦苦追寻的答案，你现在却让我用三言两语给你说明白什么是文明的进步！"

"哼，你难道想用一年半载来给我解释什么是文明的进步吗？"维多利奥·帕鲁多博士反问道。

"你知道吗？你生气的时候比你开玩笑的时候，更可爱、更讨人喜欢。"

"不好意思，我都忘记了，只有你才能开玩笑，其他人只有听你说话的份。"

"你们怎么又吵起来了呢？"塞尔瓦托满脸疑惑地说道。

"我们先梳理一下思路。你先用那不勒斯的破房子来举例，然后问我这是不是文明进步的表现。如果用伊壁鸠鲁的思路来回答这个问题，答案是肯定的。"

"你认识菲鲁曼娜·马杜拉诺吗？你还记得，她曾说过她在破旧的老房子里度过的糟糕童年吗？如果戏剧家爱德华听到你居然说那种破房子是文明进步的表现，他都无须朝你开枪，直接就把你手撕到粉身碎骨。"

"语言也是人类的悲剧之一！人类天生就有很多感觉，

脑子里更是有无穷无尽的想法，却没有那么多合适的词汇来表达自己的真实情感和想法。如果数字可以代替语言，这样人类可以尽情地表达自我，也能找到最好的交流沟通方式。"

"博士，您说的是什么数字呢？"萨维里奥问道。

"不同的人对'文明'有不同的感觉和看法。当然我对'文明'也有我自己的看法，而帕鲁多博士却有另外的一番看法。"

"那该怎么办呢？"

"所以，当我们探讨某个问题时，就需要多一些耐心，尽可能地思考、理解其他人的想法，这样才能避免陷入偏见和狭隘之中。"

"那你眼中的'文明'到底是什么样子的呢？"帕鲁多博士反问道。

"谈到文明，人们首先想到的是人类发明创造的那些重要东西，其实这就是把'文明'和'进步'两个概念混淆了。我觉得，真正的文明存在于人类的精神世界。例如，你在米兰的一家公司上班，我虽然不认识也没有去过这家公司，但是我猜办公楼豪华大气，每个办公室都有专用电话，大家无须跑到其他办公室处理事情，直接一个电话就能快速、有效地解决问题，甚至每个办公室都配备一位秘书等。帕鲁多博士，按照你的观点，你觉得这家公司是属于进步的体现呢，还是文明的体现呢？这就需要考虑这家企业是否人性化。"

"'人性化'是什么意思？"

"小商小贩骑着三轮车，沿街贩卖各种商品，这些街边摊就是一个迷你版的企业。公司就像一个多人脚踏车，需要成百上千的员工同时脚踩踏板，才能保证车辆朝着既定方向前行。也许某一天，你从脚踏车上跳下来，但它不会受任何影响，继续前行。也许在不远的将来，脚踏车变得越来越大，需要更多的人，即使所有人都罢工，拒绝继续脚踩踏板，它也不会停在原地静止不动。公司就像这辆脚踏车，机器人可以代替人类，操控脚踏车，保证公司不瘫痪，但这是一个没有人性化或人情味的公司。假如世界爆发了动乱，例如原子弹爆炸，那么人类就在地球上灭绝了，那时横尸遍野，只剩下机器人操控的企业和冷冰冰的机器，机器机械地打印着工资条、发票和催促信。"

"一个人性化的公司至少应该有多少职员呢？"

"这就取决于你的能力。如果你是企业领导，你能说出坐在大巴上的所有员工的名字，这足以证明这是一家人性化的公司。相反，如果你连一个员工都不认识，那时候你的名字也就失去了意义。"

"教授，那这些大企业都要被分成很多小企业吗？"塞尔瓦托问道。

"你说得完全在理，大企业早晚都要被分割成众多的小企业。"教授用肯定的语气回答。

"你完全错了。"帕鲁多博士反驳道，"事实证明，只有大公司才能实现成本最优化。高科技要以资金和研发为支撑，只有大型跨国企业才能负担得起高昂的研发费用。"

　　"你说的是目前的情况，在不久的将来肯定会发生变化，人类将进入到工业社会的第三阶段，也就是'爱的阶段'，所有人都会在人性化的公司工作。"

　　"这个阶段是什么样子的呢？"萨维里奥好奇地问道。

　　"过去员工如果不好好工作，老板可以用手中的权力辞退他，这就是'棍棒原则'。这种情况一直持续到了20世纪60年代，政府出台了一些保护劳动者权益的法规，公司不得随意解雇员工，并且要保证员工的基本收入。俗话说得好，上有政策，下有对策。企业用'多劳多得'的机制刺激、鼓励员工卖命工作，这就是'胡萝卜原则'。到了70年代，政府进行税务改革，改革的出发点是为了保护劳动者的合法权益，同时也为了缩小贫富差距，人们突然意识到自己每天拼命工作，工资增加到一定的程度后，就不会再有大幅度的提升，这时员工就又失去了对工作的积极性。于是，公司的高层管理就开始提拔那些业绩优异的员工，给他们一官半职，让他们获得一定的权力和荣誉感。这些被提拔的员工当然会很开心，为了保住来之不易的官职和权力，他们就会更加拼命工作，不再计较工资的高低。大家为了获得权力，爬到更高的管理层，丝毫不敢怠慢，每天都你追我赶。那么，一家公司依靠员工争夺权力，到底可以走多远呢？当公司没有多余的一官半职给员工时，这家公司也就接近了末日。你也许想把这家公司分割成很多小公司，这样就有更多的人可以成为公司管理人员，可以分得权力。这样做的直接后果是，权力越来越分散，越来越不值钱，权力带来的地位和荣誉感越来越低，那么'胡萝卜原则'也就失去了它的效果。"

"然后呢？"

"这就进入第三阶段：爱的阶段。"

"您指的是对女人的那种爱吗？"

"我和上级产生了惺惺相惜的感觉，我们能够发自内心地尊重、欣赏对方。我努力工作为了得到他的认可，他努力工作为了得到我的支持，但这一切的大前提是公司要人性化。"

"世界能进步是得益于生产力的不断提高、文明的进步和分工越来越细，而这都是以成千上万普通劳动者的辛苦付出为代价。"帕鲁多博士反驳道。

"你说的就是废话！"贝拉维斯塔教授说，"生产力未必能一直推动世界的进步。也许将来某一天，生产力还会让世界退步呢，想想生态学给人类带来的种种问题吧。我觉得，文化和专业化是两个对立的术语，文化是人们同时对很多东西感兴趣，而专业化是对某个事情或东西具有特殊的兴趣。我是文化的追随者，是专业化分工的反对者。"

帕鲁多博士突然说："你又跑题了。刚才你说破旧的老房子是文明的代表，然后你就没有深入这个话题了。请问，您是否能够解释一下，那不勒斯的破房子为什么就成了文明的代表了呢？"

"破旧的房子当然比不上公寓楼房，但这些破旧的房子里却有着夫妻的爱情、家人的关心、真挚的友谊，那些干净敞亮的公寓楼房里未必有这些。"

"你住过这样的破房子吗?"

"我虽然没在破旧的老房子里居住过,但这说明不了什么。我认识很多住在那里的普通人,也认识很多住在楼房里的富人。一个都灵朋友对我说:'我一个人住在200平方米的公寓里,如果有机会你一定要来都灵看看我那宽敞明亮的公寓。每当夜幕降临时,我独自一人待在家里看电视消磨时间。夜深人静时,我有时毫无睡意,内心甚至会有一丝丝的凄凉感。一方面是我自己懒得出去找朋友聊天,另一方面是我在都灵没什么知心朋友。如果你有时间来我家住一些日子,正好可以陪陪我。我有时候特别怀念住在那不勒斯破房子的时光,一条小巷子里住着很多人家。我记得,你家就在我家旁边,你家的另外一边就是贝皮诺、费德里克、乔瓦尼三家人。你看看现在,我们一起长大的小伙伴分散在各地,我在都灵工作、你留在了那不勒斯、贝皮诺去了巴黎、费德里克在罗马、小迷去了拉斯佩齐亚、乔瓦尼一个人在米兰。大家相隔得远,聊天的机会也是越来越少。'"

"这也太夸张了吧。您这位朋友完全可以在都灵交几个知心朋友啊!"

"找到志趣相投的朋友哪有那么容易啊。毫不夸张地说,交朋友需要一辈子的经营,需要一起分享幸福,也需要一起面对困难。如果公司让员工换到其他城市工作,它当然不会考虑员工在新城市没有朋友这些因素。尤其是在大城市,两个好朋友见上一面也需要一个半小时的车程，再亲密的朋友也会变得生疏。但是这样的情况绝不会发生在那不勒斯的破旧街区里。如果我们现在就在那不勒斯的一个破旧的老房子里，大门也是敞开着，我们坐在家里就能看到外面的路人。这时刚好贝皮诺经过，我们肯定会毫不犹豫地打招呼问道：'你今天怎么样？你进来坐一会儿。'"

塞尔瓦托插话说："我和我经常去买生蚝的那家老板的弟弟很熟，他就住在佛参拉区的帕参路。有一次，他家的电视机没有了声音，直到3天后家里人才发现电视机有点儿不对劲。原来那几天他们一直看着自家电视机屏幕，听的却是邻居家电视机的声音。"

"大家都懂了吧？"教授热情洋溢地说，"他们听着别人家的电视机的声音。总之，住在那不勒斯破旧房子里的人们绝对没有'今天我该做什么'的困扰，他们也不会感到无聊寂寞，毕竟有趣的事情多到数都数不清。这里根本没有隐私，甚至都没有机会一个人安静地待会儿。想想你们老了之后的生活，如果你生活在大城市里，那只能一个人孤独地住在空荡荡的公寓里，电话成为和其他人交流的唯一媒介。相反，那不勒斯的老房子里的老人不可能一个人寂寞地待在屋子里，而小孩子也从不缺少一起玩耍的小伙伴。那不勒斯人就像在一艘大游轮上，每个人都有自己的小卧室，但是大家都会在甲板上聊天，这艘超大游轮至少搭载了20万那不勒斯人。"

"亲爱的杰那罗，你的发言非常有趣。我若是上帝，我一定会让你从今以后都住在那不勒斯的破旧房子里，或是让你住在你刚才说的那艘超大游轮上。到时候，你恐怕连五分钟都忍受不了你的妻子和她的朋友们。我真想看到你住在破旧房子里，人们在你家进进出出的情形。"

"我就等着你说出这话呢，维多利奥。在安静的楼房里住了一辈子之后，我已经无法适应破旧房子里的生活，但这可不影响我对破旧小房子的向往。住在破旧房子里的人也不愿意搬到楼房公寓里。政府不止一次建议他们搬迁到新修建的公共居民区，可是怎么也无法说服他们放弃自己深爱的陋舍。公共行政部门的'大善人'们以为破旧房屋仅仅是普通民居罢了，可实际上，在这些房子里也有商店、公司、体育俱乐部、集会场所、教堂、进出口公司和肉眼看不到的精神文化。"

"杰那罗，你在说谎。他们不愿抛弃自己的破旧房屋是有原因的。他们靠什么生活呢？因为这些破旧房屋是他们唯一的收入来源。在自家的房子里做点小买卖、倒卖商品，卖鸡蛋脆饼和香烟才能勉强度日。如果政府能给他们提供公寓楼房和一份好工作，他们就一定愿意离开破旧小房子了。"

"正相反，我觉得他们会接受那份工作，然后继续住在破旧房子里，继续卖鸡蛋脆饼和香烟。"

"从歌德和托马斯时代，这些破旧房子就饱受诟病，可这么长时间它们还是一直存在着呢。"

"在我看来，他们的批评都过于武断了。近几个世纪，破旧房屋发挥了极其重要的社会作用。大家是否想过，那不勒斯是世界上唯一一个没有贫民窟的大城市，没有都灵或芝加哥等发达工业城市的那种贫民窟。在那不勒斯，底层老百姓住在低矮房屋里，贵族住在所谓'高贵的一层'，而资产阶级住在高层。这种垂直社会分层有利于阶级之间的文化交流，从而避免了阶级主义最大的弊端——贫富阶层之间的文化鸿沟。"

"真的吗？我没觉得那不勒斯的底层人民变得很有文化了呀。"

"不，帕鲁多博士，这里的'文化'不是那不勒斯无产阶级的学校教育。那是另一回事，责任完全在于政府。我想说的是，一个那不勒斯人就算文化水平很低，但总体而言他也有一定的人文素养，这是混杂的生活环境造成的结果。那不勒斯的底层老百姓能接触到侯爵、律师等中上层精英，他们的视野就会逐渐拓宽，阶级的差别也就没有那么明显了。"

"现在已经不是这样了。以前富人都住在思帕卡那波里路附近，现在都搬到了奥拉济奥和彼得拉克路上的住宅区，那里都是新建的楼房。低矮的居民区里只剩下了社会最底层的人。他们也许和你说的一样幸福，但比以前更贫穷了。"

"维多利奥，你没有明白幸福是一个相对的概念，我们每个人都以'自己理解的幸福'作为衡量单位。因此，为了知道自己是否幸福，我们必须时刻把自己的状态和理想中的幸福做比较。比如我现在问萨维里奥：'你眼中的幸福是什么呢？'"

"您觉得是什么就是什么，教授。"

"什么叫'您觉得是什么就是什么'，萨维里奥？"教授坚持说，"告诉我，对你来说幸福是什么。"

"教授，我完全同意您的观点，在我看来您说的话都正确极了。因此，请您告诉我什么是幸福吧，我绝不会反对您的观点。"

"萨维里奥，听我说，你曾经和我说，你和你的家人都是圣人圣·帕斯夸莱的虔诚信徒……"

"对，他的全名是圣·帕斯夸莱·巴龙奈，他是一个非常重要的圣人，也是圣人圣根纳罗的好朋友。自从我结婚后，我就一直信仰圣·帕斯夸莱·巴龙奈，所以我一直都过得很不错。"

帕鲁多博士用冰冷的语气说道："你失业了，连1里拉都没有，还说过得很好！早些时候，你还告诉我最近在发愁，因为你的孩子们长得太快了，你正愁着没钱给他们买鞋。"

"您说得对，帕鲁多博士。我是为给孩子们买鞋而发愁，可我从未向圣·帕斯夸莱·巴龙奈说过鞋子的难题。我们对他祈祷：'请帮帮我们吧。'总之我们的身体很健康，这都是圣人在保佑我们。"

"这就对了，"教授说道，"这就是我想要的答案。我想知道萨维里奥在祈求什么，这些祈求也能从侧面说明萨维里奥认为的幸福是什么。换句话说，当我们看到一个穿着肮脏破烂的小男孩在破旧的房子里大笑或唱歌时，享受过幸福的我们当然会同情、怜悯他。可实际上，那个一直生活在自己环境里的小男孩可能正处于他相对幸福的巅峰呢。"

"你所谓的相对幸福，我却把他看成绝对无意识，"帕鲁多博士反驳道，"某些商品的重要性确实与想要得到它的人有关，可对于其他商品来说，这条准则就不再适用了。比如我购买一条橡皮艇时获得的满足感相当于亿万富翁之子购买游艇时的满足感。可是生活中还有一些商品，它们对所有人都具有同等的重要性，与购买人的状况无关。让我们以萨维里奥提到的'健康'为例。他的家人身体健康，生活幸福，我当然也希望他能长命百岁。可当有一天他需要医疗救助时，当他需要一家高效率的医院时，你告诉我，那不勒斯哪里可以找到一家高效率的医院呢？"

萨维里奥突然打断博士的高谈阔论："呸呸呸，这种坏事情千万不要发生在我身上。"

帕鲁多博士继续说："'高效率的医院'当然是人们努力的结果。如果没有成千上万的科学家的忘我付出和一丝不苟的严谨工作，人类仍将停留在原始状态。"

"维多利奥，我和你之间的争议在于你的每个论点都很激进。我并没有和你说过地球上所有的人类都不要努力上进，拒绝让人类的生存条件变得更好。你自己也承认不是所有的人都一样，有非凡卓越的人，同时也有数量众多的普通人。

伊壁鸠鲁的伦理学就是告诉人们什么是良好的行为举止，什么是不正确、不道德的。

"显然，当一个人拥有上帝的保佑和一颗好奇心时，他确实应该朝着更高的目标不断努力。克里斯托弗·哥伦布、沙宾和弗莱明就是最好的例子。然而，我作为一个普通人，绝不能接受某人为了成为公司的领导而杀害家人这类毫无人性的事情。"

"我不赞同你的看法。我认为沙宾和弗莱明只是影响全人类进程中的一个缩影。如果说米兰的生活环境要比那不勒斯的更加文明，那功劳也不应属于米兰的政客，这是所有米兰人民努力的结果。你们可能会问，文明和非文明具体指什么？我觉得，非文明就是波佐利市还保留着全意大利死亡婴儿的记录，而非文明就是像霍乱一样的疾病。"

"帕鲁多博士，您别忘了您也是那不勒斯人，您可不能这样说。"塞尔瓦托说道，"在得罪那不勒斯人时，可别忘了追究那不勒斯的政客，尤其是意大利中央政府的政客们对那不勒斯的所作所为。您可别忘了，那不勒斯当年可是意大利第一个修建铁路的城市，并且那时的剧院数量比现在多得多。"

"塞尔瓦托，我这样说正因为我也是那不勒斯人。当我在报纸上读到关于那不勒斯的消息时，当我在电视上听到一些令人心痛的采访时，我都会感到揪心。当我看到那不勒斯人在接受记者采访时，努力地说着带有浓重口音的蹩脚意大利语时，我既同情他，但也很丢脸。我什么也做不了，只能眼睁睁地看着那不勒斯一天天地堕落下去，文明在这块土地上渐渐消失。"

"维多利奥，我知道你在想什么。"教授说道，"我深知那不勒斯需要付出非常多的努力，才能够解决拥堵的交通问题和根深蒂固的腐败问题，但你不能要求那不勒斯变得和米兰一模一样。那不勒斯的霍乱只有数十人丧生，但在米兰却有上千人在孤独中死去。我不想用爱的缺失来换取文明的进步。我想走一条不一样的路，一条不需要运用权力和竞争的路。让我们回到最初的那个问题：什么是生活？"

帕鲁多博士自信满满地说道："生活就是生活。别以为这个答案很平凡，我的意思是，最重要的事情就是活着。但为了让人类尽可能长寿，人们就必须要拼尽全力地努力。伊壁鸠鲁缺乏长远眼光，他基本只对一个特定的人生选择在两三年后可能产生的结果进行分析。但问题就在于我们和他所处的生活维度是截然不同的。我们当下的努力是为了明天，为了我们的子孙后代能够幸福。"

"你说得有道理，但我们的孙子辈也很难过上幸福的生活。"

"为什么？"

"因为他们没有时间。他们会为了让他们的后代幸福而拼尽全力，最终也丝毫体会不到幸福，就结束了短暂的一生。"

"算了，杰那罗，你可真能说，我说不过你。当你走在那不勒斯的街头巷尾时，你眼睛看到的那不勒斯并不是你以为的那不勒斯，你想象中的那不勒斯只存在于你的大脑里。"

"可是谁又知道真正的那不勒斯是什么样的呢？有时候我会想，如果那不勒斯不是作为一个城市而存在，而是作为一个概念或是一个形容词而存在。那么，那不勒斯是我见过的最那不勒斯式的城市，并且无论我去世界上的哪个角落，我都能感受到它需要一点那不勒斯式的东西。路易吉诺，你怎么不说话了？你之前去过米兰吧，那你和维多利奥说一说，那不勒斯对我们来说意味着什么。"

"我不知道如何回答这个问题。我觉得你们说得都有道理。我在米兰生活了一年，所以明白帕鲁多博士所说的城市高效运作。但米兰人很不友善是假的，因为我遇到过很多好心人。就拿米兰地铁为例，它很美，车厢整洁，间隔时间很短，就算错过了这一趟，很快就会来下一趟。就气候而言，人总是会适应当地的气候。有的时候，清晨 8 点的梅开莱乔亚街上寒意阵阵，大雾蒙蒙。但偶尔也有太阳，却看不到，只知道太阳在那里，因为天空中的某一点由灰变白了。早晨 8 点米兰人都要去上班，但是大家都不说话，白色的哈气从口中呼出，每个人都步履匆忙。这就是我记忆中的米兰：所有人都行色匆匆。"

第 14 章　叫醒服务

"早上好，工程师。今天天气真不错，真不像 11 月的天气。"我走出大门时，塞尔瓦托和我打招呼。

我说："是啊，天气真好，我都想把帽子摘了。"

"您瞧我这记性，和您说着说着就忘了，您知道现在几点了吗？"

"9：05。"

"那我得赶快去叫醒菲利普斯，就是那个平时活得很精致、很讲究的菲利普斯。您要不要和我一起去呢？"

"去他家里喊他起床？"

"我要去叫醒他，但不是直接进他家里。我们去他住的那栋楼的后边，我站在窗户下大声喊他名字，他住在二楼。他每个月付我 3000 里拉的叫醒服务费，除了周日，每天早上我必须在 9 点钟准时喊他起床。"

"他自己设置一个闹铃不就可以了吗？为什么需要你喊他起床呢？"

"这您就不明白了，闹铃对他不起作用。"

"为什么？"

塞尔瓦托朝着菲利普斯的那栋楼走去，边走边说："他还在大学里读书，主修法律。我必须每天早上9点钟喊他起床学习，要不然他毕业遥遥无期。"

"人们在早上9点不应该都能醒来吗？如果是早上6点需要别人喊他起床，我觉得还能理解。"

"您说得有道理，但是这个菲利普斯不是很上进，他只对女人感兴趣。"塞尔瓦托坏坏地说道，"所以，他每天半夜2点以后才睡觉，有时会熬夜到3点，有的时候还会去梅拉蹦迪，总之有点儿好吃懒做。"

我们边走边说，不一会儿就到了菲利普斯家楼下。他果然没有起床。塞尔瓦托故意压低声音却做出假装大喊的样子："菲利普斯，未来的大律师，已经9点了，快起床啦！"

"塞尔瓦托，如果你不大点声，他根本听不到啊。"

"我这么喊，他当然听不到了。但是如果我扯着嗓门喊的话，他真的醒来后，肯定要和我发火。"

"那你每天早上来这里的目的是什么？"

"工程师，您还是没有明白！我每天早上9点来这里喊他起床，每个月他都会给我3000里拉的叫醒服务费。我每天按时做我应该做的，至于他是不是真的按时起床，那就不关我的事了。菲利普斯找我每天喊他起床，最起码证明他还有一点点的进取心，心里打算着早起。而您就是见证人。总之我做了我应该做的事情，他起不起床就不关我的事了。"

第15章　16种技艺的玫瑰

你们的理性与热情，是你们远航之魂的舵
与帆。

——哈利勒·纪伯伦

"我认为，每个时代都有它自己的哲学家，"我说道，"我们现在不能再分享一些生活在2000多年前的哲学家的思想了。如果伊壁鸠鲁生活在这个时代，他一定会有另一番见解。"

"不，工程师，伊壁鸠鲁的哲学一直具有现实意义。"

"我不认同您，教授，这您可说不准！我认为伊壁鸠鲁关注人，但只限于满足其自身最基本的需求，这在今天已经站不住脚了。对我来说，这就是他的理论在今天不适用的地方。在伊壁鸠鲁的时代吃喝的确成问题……"

"可工程师，现在的情况也是如此，"帕鲁多博士打断了他，"现在也是这样！"

"好吧，我们知道今天有70%的人类仍死于饥饿，"教授更加明确地说道，"而另外30%的人却在节食。"

"我想说的是，"我继续说道，"尽管西方世界的生活水平有所提高，但很大一部分伊壁鸠鲁在公元前 300 年认为是第二层次的欲望甚至第三层次的欲望的东西，比如说文化、性、信息、政治参与等，在今天都变得不可或缺，占首要地位。"

"就这样吗？"教授打断我道，"拜托了，先生们，让我们加把劲吧！别总说一些文学上的东西了！让我们试着去接受伊壁鸠鲁思想的实质，这样我们就会意识到也许伊壁鸠鲁哲学从未像现在这样重要过。

"那么，伊壁鸠鲁说了什么？他提出了需要从自然性和必要性来衡量生活中的欲望。这种方式给我们提供了一个价值尺度，在这一尺度下不同的欲望依次排列：在这一尺度的顶端是第一层次的欲望，也就是自然的和必需的欲望；紧接着是第二层次的欲望，它们是自然的但不是必需的；最后在最末端的是虚荣的欲望，它们既不是自然的也不是必需的。

"这时，工程师来告诉我，说在伊壁鸠鲁那个时代被认为是不必要的东西现在已经变得不可或缺了。好吧，我回答他，他一点也不必担心。我的意思是说，伊壁鸠鲁认为在第一层次的欲望和第二层次的欲望之间是有界线将二者区分开来的，与此同时，这条界线也在移动，由此一些第二层次的欲望被划归为第一层次的欲望。但这并不代表伊壁鸠鲁的伦理观失去了其价值，相反，我敢说它们越来越被看重。的确，如果说伊壁鸠鲁把吃饭、喝水、睡觉和友谊视为第一层次的欲望，也正如你们所提到的，如今吃、喝、睡这些事都比伊壁鸠鲁那个时代来得容易得多了，那我们可以得出结论，友谊作为第一层次的欲望的重要性增强了。我们也一定不能忘记将友谊置于权力的对立面，权力意味着争强好胜，它毋庸置疑是所有第三层次的欲望的奠基者。"

"说真的，对于我来说这描述的更像是基督教而不是享乐主义。"

"真该死，你们被'享乐主义'这一术语引入歧途了，它完全表达了另一个意思。但很抱歉，我还是要坚持：今天围绕着我们世界的，是不是一个巨大的竞技场，人人都不顾一切地追求成功，攀爬自己权力的阶梯？名贵的好车、学术头衔、象征荣誉的主席台和消费主义发明的上千种舒适的享受，这些也不过是权力创造出来的价值尺度罢了。权力创造出它们来，好逼着人类不断生产更多。

"想想看，不论你们今天走进哪个办事处，不论它属于一个政党、一个私人企业或是一个部门，你眼前的一切都代表着接待你的官员所获得的某种程度的权力。一瓶纯净水，一棵一米高的奇异榕树并不是因为其用途或美观性而出现在那里，而是因为这些都是精确的权力等级的构成部分。这权力也需要经年的努力和日复一日的争斗来获得。在一些大企业里，甚至会有一名员工全天候直接负责管理员工办公室的陈设，以确保它们不会越制。在现在这种错误的价值观大混乱中，伊壁鸠鲁猛然说道：先生们，关心下事情的本质吧，想想看，排在健康之后最重要的事情便是友谊！不要再让错误的思想左右你们的决定！在选择你的欲望之前先为你的目标找到一个平衡点。"

"有件事情我觉得不大对劲。杰那罗，你那天滔滔不绝地讲了几个小时，就是为了说服我们自由和爱是相对的两种价值，今天你又说爱处于权力的对立面，从这点出发我可以推测，对于你来说自由和权力是同一件事……"

"我们慢慢来，别说蠢话！"教授打断了他，"如果你们能给我多一分钟的耐心，我会向你们展示我的理论的具体设计。亲爱的萨维里奥，请帮我个忙，这并不是命令：请翻看下书桌看你能不能找到一支笔和一张方格纸，请看仔细点，那儿应该是有一个记事本的……"

"按您的吩咐，这就是您要的东西，教授，笔和纸。如果你们同意的话我还想去喝一瓶葡萄酒。既然我们要讨论一个困难的话题，最好先让我们的脑子清醒一点。"

"做得好，萨维里奥。那么就像我之前和你们说的，为了更好地理解爱与自由的理论，我们需要一个人类灵魂的图解作为范例。让我来更好地解释一下：假设人的天性仅有两股推动力构成，一股是爱，另一股就是自由，那么我就可以用一个二维的笛卡儿坐标轴的形式来代表人类的灵魂……"

"晚安了，教授，"塞尔瓦托说道，"我们先告辞了……"

"安静一点，塞尔瓦托。耐心一点，你就会发现这其实是一件很简单的事情。总之，请大家看这里。"教授一边说一边在纸上画了两条互相垂直的直线，"横线代表了爱之轴，垂直的线代表了自由之轴。我在这个坐标轴平面内处在哪里呢？就在这里，我就是这个点 B，大约处于这个位置。"教授就这样在纸上画出了一个点，并从这个点出发，分别画了两条与坐标轴互相垂直的直线，"这个点代表了我拥有的一定数值的爱，我用横轴表示；一定数值的自由，我用竖轴表示。噢，上帝，我们马上就可以清楚地看出，在人生之路上这个代表着我的点 B 会随着我的行为而随时发生变化。也就是说，假如我不得不和一群人共同居住在一起，那很明显我对自由的渴望会增加，对爱的渴望就减少；相反，如果一场海难将我带到一个荒岛，那我会立刻产生对爱的渴望。诸位想一想，当一个人开着车在拥挤的车流中，和当他在茫茫大海中的一艘小船上时，一个人的精神状态会有怎样的不同：堵车是让人难以忍受的，争吵冲突一触即发；身处海洋之中则不同，如果你遇到另一艘小船，从远处就会开始问候，就算你根本就不认识你正在问候的人是谁。"

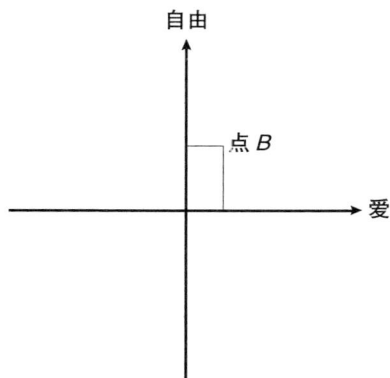

图一

"是的，的确是这样。"

"但是这不排除存在能够显示我们特征的一个点，一个我们能够定义我们生活所处阶段的重心的一个点。这个重心是根据当时主要的精神状态来确定的。"

"那我应该处于哪里呢，教授？"萨维里奥问道，"如果您不介意把我也画在纸上的话。"

"你在这里，萨维里奥，点 S：许多的爱，但几乎没有自由。"

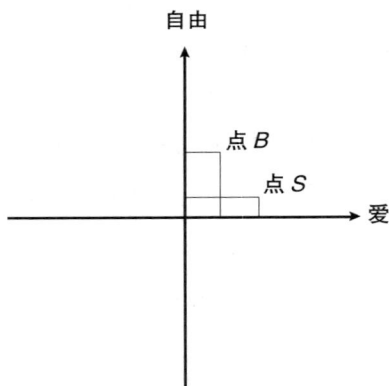

图二

"那为什么我如此缺少自由呢，教授？"

"那次你老婆阿苏迪娜和孩子们一起去普罗奇达岛，只留下你一个人，你不但没有为你的好运感激圣母，直到他们回到了那不勒斯你还是什么都不懂。"

"的确是这样，教授，你说得完全有道理。"

"那让我们继续对这一图像的解读吧。我之前说过，横轴是爱之轴，但这一条轴也有负值区，也就是左边的这一部分，这就代表了憎恶。很明显我们现在谈论的关乎内里，关乎本能，都是心的活动，和头脑没有一点儿关系。"

"那自由的对立面又是什么呢，教授？"

"我们慢点儿来，事情开始变得复杂了。因为就算我们都已经或多或少地明白了关于爱我们探讨的是什么，我也不认为我们能像谈论爱一样谈论自由。"

"自由就是自由。"塞尔瓦托说。

"亲爱的塞尔瓦托，这回答恐怕没这么简单。自由对某个人来说意味着民主，对于另一个人来说也许就意味着无秩序的混乱。这样看来，我还是有必要多费些口舌来向你们解释对我来说自由是什么。"

"您不必担心，教授，请说吧。"

"那么，我认为自由就是不受压迫的同时，也没有向别人施压的意愿。因此自由的对立面就应该是受到压榨和滥用职权的一种渴望，也就是'权力'。"

"我认为自由的对立面就是法西斯。"帕鲁多博士说。

"法西斯仅仅是权力的一件丑陋的外衣。将权力视作法西斯是有风险的，这样你就不承认那些个别的当权者，他们虽然不参与政治，但也是军队、家庭和其工作中的领导者。哦不，先生们，说到权力，我们不要只想到政变，追求成为大法官的荣耀，或是在每个人都拥有"菲亚特500"的时候想买一辆菲亚特128也是对权力的渴望，想要买菲亚特128不是因为它更舒服，而只是因为可以享受他人嫉妒的眼光。'哪儿来的嫉妒'，你可以在那不勒斯陋巷里的车上找到答案。"

"可是教授，如果我们连一辆菲亚特128都不能买，我们能够做什么呢，忽视社会的进步吗？"

"不，萨维里奥，我们可以买菲亚特128，但我们应当像一位哲学家说的那样做：把物品当物品使用，而不是被一件物品当物品所使用。总之，你应该把一辆菲亚特128当作一辆菲亚特128来用，而不是把它当作某种权力的象征。比如说，一开始我们的工程师告诉我们他买了一艘不错的汽艇；这非常好，我们之后就会问他为什么他想要这一艘汽艇。是因为他喜欢广袤纯净的大海吗？是因为他想要远离沙滩和人群吗？是因为他想要进行思考吗？如果他回答是，那就说明工程师是一个自由之人。相反，如果他买来汽艇只是为了想要所有人见到他骑上汽艇的时候都说：'快看哪，工程师买了一艘多拉风的汽艇啊，天知道他一个月能挣多少钱。'若是这样，我们就可以说我们的工程师是一位追逐权力之人。"

"我认为，"萨维里奥说道，"工程师买汽艇是为了在半道上吸引女人。"

"那么这就是消费主义了。"我说道，"或者这也可以看作是对权力的追求？"

"那是当然的。"教授回答我道，"消费主义激发了人们内心对于权力扩张的渴望，为了达到这一目的而创造出了一个有刻度的阶梯：每一级台阶都是一个阶段，直至达到目标。只是对哲学家来说消费主义的台阶是向下而不是向上的，这级台阶将人向下拖去，愈加远离爱之轴。"

"的确是这样的，"塞尔瓦托说道，"我们那不勒斯人消费得就不多。"

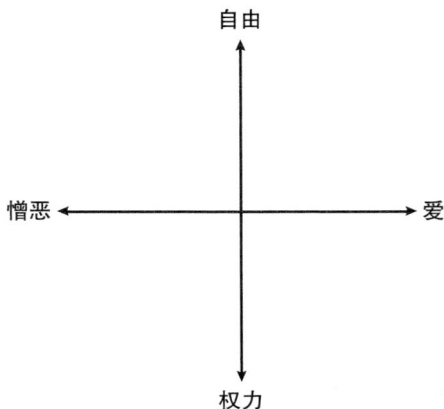

图三

"让我们现在稍微关注一下我们的坐标轴吧，"教授继续道，"并试着分别给这四个象限取一个名字。右上方的正象限，我想将它称作智慧象限，我认为这一象限的代表有圣雄甘地，他有一个伟大的灵魂，且是一位反对暴力的先知；至于爱与自由象限，实际上我们可以找到数百位这个象限的名人代表，比如伯兰特·罗素，教皇若望二十三世，马丁·路德·金，但如果我们更仔细地一一研究，就会发现罗素比起爱本身更爱自由，而若望二十三世本人更偏向爱，其他人也是如此。中间的这条线，也就是正象限的角平分线，表现了一个人对爱和自由的渴望的完美平衡与对等，在此线上的人离轴心越远，则越受人景仰。"

"那圣方济各呢？"

"圣方济各是纯粹的爱的代表，他完全忽略了自由的问题，所以我们可以直接在爱之轴上找到他，在距离耶稣很近很近的位置。"

"那么教授，在其他的象限又有哪些人呢？"

"那我们来看一看：这个位于左下方的象限就是暴君象限，是所有人中最丑恶的。在这一类人里没人能超越希特勒，憎恶与权力在他身上并存。"

"他真是太臭名昭著了！"

"博士！"萨维里奥说，"也许只有那不勒斯人才能让联合国放心，他们从不会引发战争，全世界的军工厂只要制造海陆军棋和新年时放的小鞭炮就好。"

"先生们，稍稍注意一下！"教授重新拾起了话题，"让我们重新回到我们的讨论，并给最后这个代表爱和权力的象限取个名字吧。我不知道你们怎么想，但我认为这正好代表了天主教会的机制目标，所以我提议把这一象限称作教皇象限。"

"但是我们不是已经把若望二十三世放在第一象限了吗？"

"是的，先生们。但当我谈到权力与爱时，我想到的是抽象概念的教皇，或者说是教皇在历史中的作用。在评价个别教皇时我们也清楚，若望二十三世和圣雄甘地在同一象限，亚历山大六世和波尼法爵八世与希特勒在同一个象限。"

"那教皇象限里我们又放入谁呢？"

"对我来说没什么困惑的。搞清楚了四个象限的含义，现在我们来做点儿有意思的事，把我们脑海里想到的所有历史人物都放在这些象限里。那我们看一看：我们把拜伦放在这，他有对自由的强烈渴望以及一丁点儿对全世界的憎恶……"

"但是拜伦难道不应该是一个爱与自由兼备的人吗？"帕鲁多博士问道。

"完全不是这样的，如你所想，他是向往自由的，却并不想要爱。让我们不要把爱和浪漫主义混淆了。拜伦是个加尔文派教徒，也是个跛足，是个厌世者且又爱装绅士派头。我们也别忘了他喜欢把自己看作路西法，这位为憎恶和渴望自由而反抗上帝的大天使。既然我们也谈到了反抗，我们就把尼采安排在这一象限。我的朋友们，要对这位尼采先生进行分类真的很难。毫无疑问，他既是一位伟大的诗人，也是一名内心充满仇恨之人，但是问题在于：他向往权力还是自由？"

"尼采是希特勒最喜欢的哲学家啊，"帕鲁多博士说道，

"你们有什么疑虑？把他俩放在一起不就好了。"

"哦不，先生，查拉图斯特拉不是一位权力至上者，他是这样说的：'反抗，这就是奴隶的贵族性。'也许尼采都兼有：自由和权力，爱与憎恶。从各个方面都带有些疯狂的、不安分的一点，这样的话，如果非要用一个点来定义他，我想要把他放在这里，憎恶和自由的象限，放在反抗象限而不是暴君象限。尼采说过，一个人所能承受的孤独是衡量其才智的标准。那现在继续我们的小游戏，并试着再多放一些人上去。让我们来看看：我们把卢梭放在这，伏尔泰在这，阿尔贝特·施韦泽在另一边右下角这里，拿破仑在这，埃杰里诺·达·罗马诺的憎恶多一点，约翰·洛克显然是靠近这条角平分线的，还有雅典的泰门，他以自己无差别地憎恶别人为荣，正好就位于憎恶之轴上。那普罗米修斯呢？普罗米修斯为了对人类的爱而盗取了火种并被锁链永远困住，我们把他放在这里，在爱与自由的象限。然后我们再看一看，还需要在憎恶和自由的象限为马尔库塞找个位置，也要为马克思找一个……"

"马克思，说真的，"帕鲁多博士说道，"我觉得他更应当在爱的象限。"

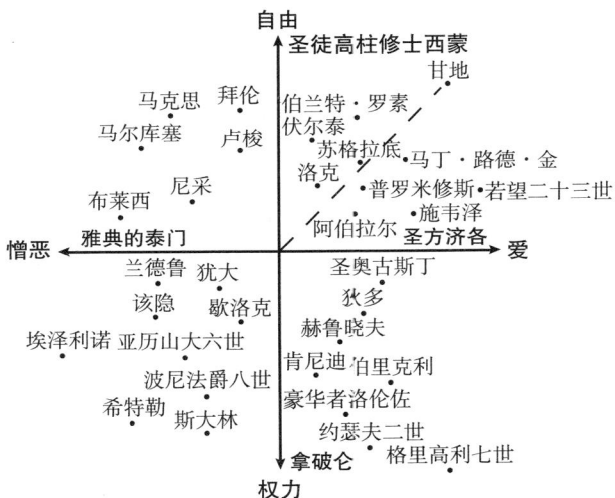

自由

圣徒高柱修士西蒙

甘地

马克思　拜伦　伯兰特·罗素
马尔库塞　卢梭　伏尔泰
　　　　　　苏格拉底
　　　　　　洛克　马丁·路德·金
布莱西　尼采　　普罗米修斯　若望二十三世
　　　　　　　　施韦泽
雅典的泰门　　阿伯拉尔　圣方济各

憎恶　　　　　　　　　　　　　　　爱

　　兰德鲁　犹大　　圣奥古斯丁
　　　该隐　歇洛克　　狄多
　　　　　　　　　赫鲁晓夫
埃泽利诺　亚历山大六世
　　　　　　　　肯尼迪　伯里克利
　　波尼法爵八世　豪华者洛伦佐
希特勒　斯大林
　　　　　　　　约瑟夫二世
　　　　　　拿破仑　格里高利七世

权力

图四

　　"并不是这样的，心中没有一丝憎恶的人是无法取得他所取得的成就的。我们再看看旁边的位置：犹大、该隐、圣徒高柱、修士西蒙正好就位于自由之轴上，兰德鲁、肯尼迪和赫鲁晓夫，伯利克里、狄多、苏格拉底和哈布斯堡家族的约瑟夫二世——这位欧洲最伟大的君主，我们把他放在权力和爱的象限，然后还有阿伯拉尔、夏洛克（莎士比亚戏剧中的角色）、美帝奇家族'豪华者'洛伦佐、圣·奥古斯丁、洛伦佐·布莱西奥。"

　　"非常有趣，"我说道，"人们可以直接用你的理论生成一个游戏。比如说可以列一个名人清单，古代的、现代的，然后看我们每个人是如何把这些人放到表格中的。"

"是的，先生们。就拿我举例，有一次我想要为这个游戏设计出一个指南，我觉得这很有趣，这份指南我之后就把它称作：16 种技艺的玫瑰。"

"16 种技艺的玫瑰？"

"就是这样的，现在我就展示给你们看。"教授说道，一边拿起一张新的方格纸并在上面又画了一个坐标轴，"总的来说，其实就是画 16 条轴线，这有点儿像那些基本点，每一条轴代表一个技艺，或者更笼统一点说，一种职业。鉴于我们之前已经讨论了这么多，我认为没有必要再对基本轴做进一步解释了：情感轴的一端是圣人，另一端是恶魔；理性轴象征自由的那一端代表隐士，他们是一群不想和他人有任何接触的人，在象征权力的那一端代表了君王，这里的君王指的更多是这一职务，而不是拥有血肉之躯的个人。对于成45 度角的这些轴线，在我们已经描述了这些象限后，我已经给这些轴线下过定义了，在这里没什么需要重复的了：第一象限里的是智者，第二象限里的是反抗者，第三象限里的是暴君，第四象限里的是教皇。更有趣的反而是这些副轴，比如说在第一象限，我们有一条代表诗人的轴，它比起逻辑更偏向情感；与之相对的有科学家，比起爱来说更重才智。在第二象限里我们可以找到女人……"

"女人？"

"是的，作为一种职务的女人。女人是被赋予了巨大的情感能力和一定占有欲的一种生物，这二者的混合产生了如下的结果：嫉妒、激情、保护欲、奴性、母性本能等。"

"是的，但我也认识一些女人，她们却……"

"我同意，"教授打断我道，"但请不要忘了我的理论是笼统的，因此不能奢望它对我们所有的个人认知进行分类。让我们继续我们的工作。那么，在教皇象限里，我在君王线和教皇线之间放入了领导者线。在这里我想指的是特定的一类领导人，比如一位立于金字塔顶端，却关爱他的员工的企业家。换句话说，当我说到领导者，我想说的是：家长式的管理、主显节的礼物、圣诞节的米兰式大蛋糕以及所有能把作为'父亲'的老板和作为'儿子'的员工联系在一起的事情。"

"是的，教授，"塞尔瓦托说道，"但是让人不明白的是，当一个人具有您之前提过的多种特点时要怎么对这个人进行分类呢？比如说，让我们以一位女科学家为例？"

"我的上帝呀！这个问题我之前就向工程师解释过了！我的理论是概括性的，它只能提供一个最简化的解释。"

"请您继续吧，教授。"

"那么我们现在来到了暴君象限。在这里我们放入守财奴：他们更倾向于权力而不是憎恶。当然守财奴也因其心中的憎恶而成为守财奴。他们的憎恶只对于身边的人，这样的憎恶足以让他们守住他们的财产。在另一边我们还有杀人者：恶贯满盈但权力不大。真正的杀手不是为了名誉或钱财杀人，真正的杀手是为杀人而杀人。最后在第四象限，我们可以对革命者进行细分：有独立的无政府主义者，他把自己对自由的巨大渴望和对旁人的仇恨结合了起来，还有恐怖主义者，他们利用革命来时刻满足自己对仇恨和暴力的需求。"

"我想知道的反而是另一件事，"路易吉诺说，"在这个坐标图中，我们——我指的是作为普通大众的我们，又位于哪里呢？"

"路易吉诺，这可能是今晚最重要的一个问题了：我们又处于什么位置呢？谁关心伏尔泰和拿破仑处在哪个位置呢？我们真正感兴趣的是我们在哪里，我们的朋友们位于哪里，以及我们每天都遇见的人们又位于哪里。在最开始，想要回答这个问题，我试图把我认识的所有人都归于爱与自由的这个象限。的确是这样的，因为我觉得大家归根结底都是好人。我不认识什么独裁专政者，也不认识那种从早到晚都满身戾气的人，所以，除了个别例外，这些人都集中在第一象限的一个小区域里，在少量的爱和对自由的小小渴望之间。然后，更深入地思考之后，我明白了一个基本的道理：几乎没有一个人是完全自由的。爱财的人是追求权力的人，想要拼搏事业的人也是追求权力的人。卡莫拉（徇私者）、自私者、为爱情争风吃醋者、极端主义者、消费主义者，这些追逐象征物质的人都是追求权力的人。就这样慢慢地，我所有的朋友、我认识的人都向下方的象限移去，到那个只有少量的爱但是有极大的对权力的追求那个区域中去。"

　　"或许就是这样的，但我喜欢想象事情是全然相反的一番景象。"路易吉诺说道，"我在爱与自由象限几乎看到了所有人，比如说，孩子们，动物……尤其是小狗。我也看到了植物，我们虽然不知道，但又有谁知道它们有多想移动到太阳光下去呢？当我看着大树，有时我觉得我能听到它的声音。我一直都记得帕韦斯的这几句诗：

　　　　'整个世界都是被植物覆盖的，
　　　　它们在光明中受苦
　　　　却听不到它们发出一声叹息。'"

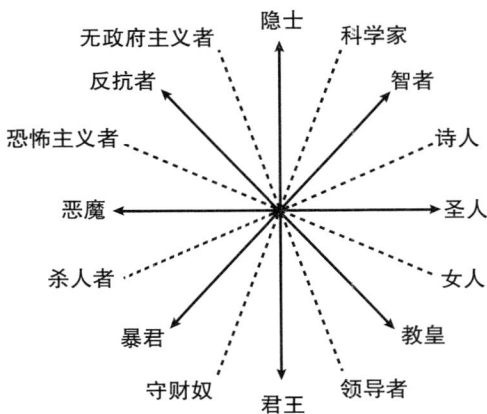

图五

第 16 章　午休时间

　　某个夏日下午 3 点左右，太阳火辣辣地炙烤着大地，就算是在梅尔杰利纳附近小木屋屋檐下的阴凉处乘凉，也无济于事。这个时间点的阴凉处就是一个幌子，根本没有一丝凉快之意。炎炎夏日吃完午饭，就应该舒舒服服地待在家里，把窗帘一拉，屋子漆黑一片，就像在黑夜睡觉，享受着惬意的午休，那不勒斯人把这段时间叫作"午休时间"。太阳光照不足的地方，人们就无福享受这种惬意的午休。

　　有一次，我和一个米兰朋友在那不勒斯梅尔杰利纳火车站附近的一家很有名气的"Vinie Cucina"餐馆吃饭，老板娘给我们准备了一些便餐。当老板娘得知我朋友是米兰人之后，就开始对他"冷嘲热讽"。首先，老板娘觉得我朋友既然是米兰人，那一定是国米的铁杆球迷，而大多数那不勒斯人和米兰人势不两立。我朋友慌忙解释说自己对足球完全不感兴趣，长这么大还没有去过一次球场看比赛。其次，我朋友不会发大舌音，只能用小舌音代替大舌音，而老板娘就拿这个发音来找碴。她就以此为据，脑洞大开地推测我朋友缺乏阳刚之气，并且很有可能所有的米兰人都是这个样子，甚至推断出国米队的前教练埃莱尼奥·埃雷拉也是一个娘炮。最后，她甚至还把意大利的统一和足球扯上了关系。老板娘说，加里波第就不应该统一意大利，否则那不勒斯足球队能获得更多的冠军，意大利的统一阻碍了那不勒斯足球队的夺冠之路。

　　吃完饭后，我们顶着大太阳打算步行回办公室，走到奥拉齐奥路的第二个斜坡时，我俩都快要昏厥过去了，这时突然看到不远处就有一个酒吧，外边还放着一把大大的太阳伞和两把摇椅。服务员走过来和我们打招呼时，我俩都懒得张口说话，只是轻轻地点头回答"是"或"不是"，最后便迫不及待地坐在了摇椅上，点了两杯柠檬味的刨冰。不知不觉我们居然睡着了，醒来后就又点了一杯刨冰，又是三下五除二地喝完了。两个人呆呆地坐在那里，一言不发，大脑也是一片空白。我无精打采地盯着橘黄色的小餐桌，看着空空的杯子，烟灰缸下压着 1000 里拉的现金，等服务员过来买单结账。

　　这时，几个十多岁的小男孩突然出现在我们面前，穿着泳衣却光着脚，胳膊上挽着牛仔裤。他们刚刚从波斯里波那里游泳回来，路过这条街道，有说有笑。其中的一个小孩，有十三四岁，头发湿漉漉的，眼睛炯炯有神，皮肤黑黝黝的，路过我们身边时突然停了下来说道：

　　"先生，我如果现在就把桌子上的 1000 里拉抢走的话，你们会怎么办？"

　　"我立刻就去追你，抓到你后就暴打一顿。"

　　"你想往哪里跑？你们现在半躺在这把椅子上，想要抓到我就必须先从这把摇椅上站起来，那个时候我早就跑到了圣安东尼奥教堂了。"

"你到底想干什么？"

"没什么，我只是想提醒你们注意，你们今天可能会破财，丢 1000 里拉。要不您直接给我 200 里拉，我就不烦你了，你继续坐在这里打盹儿。"

这时，我的米兰朋友觉得 200 里拉太少了，想把 1000 里拉都给他们。我却不想纵容他们的这种卑鄙手段，但又不想伤到米兰人的面子，最后决定给他们 500 里拉，只希望这帮不务正业的小浑蛋快点走开，能让我们清净地待一会儿。

第 17 章　第 4 种性别

前行的路上，很多人不知道敌人一直活跃在我们的大脑里。

敌人的声音一直控制着我们的大脑。

而自己是自己的最大敌人。

——贝尔托·布莱希特

"萨维里奥，你就没有独立的人格。作为一个意大利人，你就是美国佬的奴隶。幸亏现在没有奴隶制了，要不然你就是纽约洛克菲勒广场里被交易的奴隶。"塞尔瓦托说道。

"上帝，我真受不了你啦！"萨维里奥说道，"如果我是美国总统，你知道我要怎么做吗？我会说：'我以逝去的灵魂发誓，从今天起我只关心美国人的事情。意大利人就和埃及人、苏联人、越南人一样，能不能吃饱饭也与美国无关。我倒是要看看，如果美国不管你们的话，还有哪个国家会在乎你们。'"

塞尔瓦托说道："美国也许会这样做，我们不妨拭目以待。"

"塞尔瓦托，第二次世界大战结束后意大利的情况十分糟糕，美国国务卿马歇尔就像救世主一样来到意大利，对意大利人说：'我们美国帮助意大利渡过难关，帮助意大利恢复经济。'意大利人就反问道：'第二次世界大战期间，美国和意大利是敌对国，我们曾经在战场厮杀，那美国现在为什么要帮助意大利呢？'马歇尔回答说：'那是一个误会，我们美国确实对不起你们意大利人。但是现在我们会借钱给意大利，帮助意大利人重建家园。'毫无疑问，意大利人在美国的帮助下，避免了饿死、冻死在街头的悲惨遭遇。那么当美国总统访问意大利时，意大利人难道要举行大规模游行示威，对他拳打脚踢来表达我们对美国人的感激之情吗？"

"萨维里奥，你真是太天真了，和一年级的小学生没什么区别。我给你一块糖，你就对我马首是瞻，让你做什么你就乖乖地做什么。美国人为什么会平白无故地给意大利人钱呢？难道是因为他们突然爱上了维苏威火山吗？美国佬想在意大利建立军事基地，如果不给意大利一些实际的好处，他们凭什么占用我们的领土建立军事基地呢？它倒也可以去其他国家，但是那些地方的地理战略性和意大利没法比啊！"

"意大利每次需要资金时，就毫不犹豫地向美国人求助。所以，我们这样指责美国也不是很道德。"

"那些美国人也不是傻瓜，他们愿意帮助意大利重振经济，那是他们有更大的野心。别忘记了我刚才和你说的话：你就是美国佬的奴隶。"

"只要他们愿意帮助意大利，能让我们过上好日子，那也无所谓。最可怕的是意大利人还得养着那帮美国佬。"

"只要意大利人乖乖地听美国人的话，那美国人肯定会一直帮助意大利。一旦你想改变现状，不再对他们马首是瞻，你就知道会发生什么。如果把意大利人比喻成圣诞节前的一只火鸡，那么美国人肯定会在火鸡的腿上拴一根线。如果你一直待在那里不动弹，你会觉得自己是自由的，想去哪里就能去哪里。但是，如果你尝试走远一点，那根线就会拉住你的大腿，羁绊住你前行的脚步。不管怎么说，萨维里奥，你就是美国人的奴隶。"

"你们快别说政治了，一点儿用也没有。每次聊天探讨问题都是千篇一律的：你说智利，我谈捷克斯洛伐克；你说美国的不好，我说苏联的不对。说了大半天，所有人最后还都保持自己原来的看法。这些话题我们都说了无数次了，但我们的沟壑却越来越深，所以每次都会吵架，也不能心服口服地接受对方的想法。"

"那教授您是如何看待这个问题的呢？"

"每次探讨政治话题时，‘你如何看待这个问题’是探讨政治话题的一个很不好的问题。大家习惯性地给其他人贴上政治标签：法西斯分子、自由党人等。如果你不属于任何党派，那你是不关心政治的人。如果一个人问我的政治主张，我更愿意这样回答：‘我是一个男人，我对女人感兴趣。’"

"这和政治有什么关系？"

"我们不妨换用性别角度来思考政治。假如世界上有 4 类人：男人、女人、有钱人和渴望权力的人，我们深入地分析一下那些渴望权力的人。"

"那不勒斯有一句谚语：在权力和性之间进行选择，那不勒斯人会选择权力。"

"渴望权力的人一想到可以拥有权力，就会变得亢奋，就像在座的各位看到喜欢的女人，就会不由自主地激动。唯一的区别是，权力像毒品，人们追求权力的欲望只会越来越大，永不满足。"

"只有不关心政治的人才会这么做。"帕鲁多博士打断了教授的话。

"有一个西西里人每次和朋友吵架时，发现是自己错了但又不想承认错误，于是在吵架吵不过对方时就说：'你老婆给你戴绿帽子了。'同样的道理，两个人探讨政治话题，第一个人有条有理地解释自己的观点和理由，但第二个人不同意第一个人的观点，但他并不是用依据和事实来反驳第一个人，却直接指责第一个人是一个不关心政治的人。他这样做的目的就和西西里人是一样的，通过其他事情来贬低、侮辱对方。在意大利，没有人喜欢被定义为'不关心政治的人'，说一个人不关心政治就像说一个男人被戴了绿帽子一样丢脸。"

"天哪，你又开始长篇大论了。你就是不想让我插话，但是拜托不要把你的这些话当作政治主张。"帕鲁多博士抗议道。

"你们两个都是知识分子，难道就不能心平气和地说话吗？萨维里奥虽然不是萨沃伊皇室家族成员，但是一如既往地支持君主制。如果你们是我和萨维里奥这样的大老粗，一天天地吵来吵去，也许我还能理解。"塞尔瓦托无奈地说道。

"我支持君主制仅仅是因为大区的某个行政助理安排我哥哥维参诺进入政府的环卫局工作。我嫂子当年是这位行政助理家的家庭教师，有一次他们家的小孩差点被汽车撞倒，我哥哥碰巧救下了小孩。但是，小孩却不承认这件事。不管怎么样，这位行政助理还是把我哥哥安排在了环卫局做事。当然了，我哥哥无须去打扫大街，他是直接管理那些环卫工人。"

"那不勒斯人讨论政治最后都会跑题，到最后就像是讲喜剧一样滑稽。教授，不好意思，又打断你的演讲了，请您继续讲解权力和性别的比较。"帕鲁多博士一本正经地说道。

"在性与权力之间，我会选择性。当男人有了性欲的冲动，这种冲动会让人丧失理智，做出无耻下流之事，不再顾及友谊、面子、同情弱者。那么权力就像女人，让无数男人无法抗拒。如何才能征服这位所有男人都梦寐以求的'女人'呢？于是，男人就想如果拥有一支属于自己的军队，用正当的理由或借口来号召其他人支持并加入队伍中，他最后就能拥有至高无上的权力。历史上就出现了很多伟大的理想家，他们就是借用一些永不过时、很有煽动力和号召力的理由来使自己获得权力。"

"永不过时的借口？"

"弗洛伊德把这定义为'身份'。如果我想让军队死心塌地地听我指挥、跟我走、在战场上奋力厮杀，那么我就要找到一个正当理由，最终才能牢牢地掌握军队的指挥权。这支军队也需要统一的军装，这样在战场上能分清敌我双方。除此之外，口号、赞歌和为之奋斗的理想也不能少，理想是让士兵明白去战场奋力厮杀的原因。我一定要找到能触动年轻士兵内心深处的理想：上帝、祖国和正义。历史上帝国的统治者都会对人民进行宣传教育，使他们把这三个作为人生的最大理想，从而达到自己统治国家、获得权力的手段。古埃及人就信奉一个准则：奥西里斯与我们同在。基督教则利用耶稣统治了西方世界长达 15 个世纪。上帝是收税的最好理由，它知道世界上发生的所有事情，没什么能逃得过上帝的眼睛，因此人人都必须向教皇缴纳 10% 的税，毕竟他是上帝在人间的最高使者。例如，教堂对那些做过坏事的教徒宣称，如果他们给教堂交一笔税费，死了之后上帝可以优先决定他去天堂或是地狱，这样他就不用在炼狱经历漫长的等待。遗憾的是，那个时候还没有计算机。"

"但是这些理想都太陈旧了。"

"这些理想还不落伍。例如芬兰人为了让更多的人成为基督教徒，现在还会以上帝的名义，用暴力的方式去征服其他民族。祖国又是政客们夺取权力的好理由。人们对祖国的热爱源自对家庭和家人的爱。谁都希望父母、子女生活得很好，每个人和朋友或同龄人都有共同的情感，因此为自己喜爱的足球队加油呐喊和与敌人殊死搏斗之间的距离很小很小。政客可以利用语言、种族和风俗的不同来煽动人心，挑起战争，怂恿士兵为祖国而战。古罗马人为罗马帝国的荣誉而战，拿破仑、希特勒和墨索里尼等政客都以'保卫祖国'的名义而发动战争。18世纪末，正义才成为政客牟取权力的重要借口，在此之前人们认为只有天堂才有正义。从18世纪末开始，正义成为政客牟取权力的重要噱头。当领导者逐渐爬到金字塔的顶端，也在不断地获得人们的支持，最终也获得了权力。"

"不好意思，我又要打断你了。总是有人会用公众的共同理想而获取权力，那么我们普通人难道就不能拥有理想吗？"

"我更希望人们更理性一些，多用大脑来思考，而非用感性来做决定。意大利人比较感性，大一些的政党就会以上帝、祖国和正义为名义拉选票。大多数人会支持民主党，而自由主义者、共和党人只能获得较少的选票。"

"最近去投票时，我本来想投票给共和党，但是最后一刻我却改变了主意。"

"但是共和党人把正义作为拉选的理由，向选民承诺一定会保证社会的公平。"

"政治意识形态不应该成为终极目标，仅仅是达到目标的一种手段。假设你现在眼前有两条路，右手边是一条小路，左手边是一条大马路。如果你选择小路，说明你是保守主义者，不敢轻易放弃目前所拥有的一切，安于现状，因此不会有大的风险。如果你选择了左手边的大马路，说明你是改革者，为了追求更美好的事物而敢于冒险。意大利的现状不是很乐观，在座的各位应该都同意吧？我们对医院、学校、养老金及社会中的诸多现象都心怀不满。所以，我觉得所有人都应该选择左手边的那条大马路，踏上改革之路。那么问题也随之而来，我们到底要以怎样的步伐前进呢？这条改革之路的终点是乌托邦社会，道路上有无数的弯道，这些弯道也就是不受人为控制的困难。如果没有把握好节奏，那就很可能出现失控的局面。意大利曾经有人提出，所有意大利公民有享受免费医疗的权利，因此成立了职工医疗互助会。这个改革的出发点绝对是好的，但结局十分糟糕，因为整个实施过程简直就是一场灾难。意大利普通老百姓开始滥用这项权利，向医院申请药物时不是按照实际需求拿药，而是狮子大张口，没有节制地申请药物。医生们只想着增加自己的接诊数量，却对接诊质量毫不在意。最后真正获益的是制药企业和没有职业道德底线的黑心医生。我们要反思到底是哪个环节出现了问题。答案显而易见，我们只顾着一路向前冲，却忘记路上有数不尽的弯道，一旦没有把握好节奏，很容易就冲出了正常轨道。改革者和政客们也许忽视了，意大利人缺乏基本的道德良知，因此这次医药改革只需要放慢改革的节奏，例如通过法律规定公民申请某种药物时还需要自己付100里拉。这样我们就不会在垃圾桶里看到很多没有开封的药盒，意大利的药物消耗量就会和其他国家差不多，国家的财政收入也能增加几千亿里拉。如果政府和选民说看病并非全部免费，而是需要自己付 100 里拉，你觉得有哪个政党敢于向选民提出这样的方案呢？也许黑手党敢于直接和选民对抗，但是他们的口碑太差了，更没有几个人会支持他们。当我们需要做出抉择时，无须立刻考虑最佳解决方案，而要考虑全局和细节。因此就要综观意大利的政坛局势，还要考虑意大利人的小聪明和官僚主义。如果意大利人选择了一个政党独掌大权，管理经济、军队和新闻媒体等，后果将难以预料。你们觉得意大利人能接受吗？"

"教授，你说得完全在理。刚才你举例说我们面前有两条截然不同的道路，但是你没有具体说如果选择右手边的那条小路，会出现什么情况。那些享有特权、不愁吃喝的富人心安理得地享受着各种福利，完全不考虑社会的发展和变革。我觉得，我们应该按下快进键，因为总是有心术不正的人在背地里使绊子。最近发生的一系列学生游行抗议事件，简直乱成一团了，学生认为只有通过激进行为才能引起政府的重视。温和派执政太过于软弱，因此激进极端主义者组成的党派就显得尤为重要了。"帕鲁多博士说道。

"但是他们在大选中也无法获胜。"

"教授的逻辑总是很有条理。他在生活中就很有自我克制力，而在政治选择中也是如此。奇怪的是，大家为什么都不喜欢这种自制力呢？"

　　"原因很简单。社会看上去貌似是由年轻人和艺术家主导，但是隆加内西曾说过一句话：'发生火灾后，消防员是最容易丧生的。'艺术家和克制力就像敌人，艺术家恰恰缺少克制力这一品质。近几个世纪的历史经验告诉我们，资产阶级比学生运动更可怕，资产阶级总是拥有更多的决定权。如果有一天，资产阶级把共产主义错误地看成是新法西斯主义，这个社会就完蛋了。人们都希望社会太平、法律有死刑、禁止罢工等，所以社会中还是好人多，我们不用太担心社会退化。"

　　"不好意思，打断一下，关于共产主义，我还有一个疑问。如果真的实现了共产主义，所有人都平等，那么，谁去清理大马路上的狗屎呢？"萨维里奥问道。

　　"什么？"

　　"马路上总会有狗屎，那就必须得有人清理。每个人每天轮流清理狗屎呢，还是基督教徒去清理呢？我觉得，不管我是生活在共产主义社会还是民主社会，清理狗屎的工作永远都得由我来做。"

　　"到时候会有专门的机器做这些事情。"

　　"那假如一个老人生病瘫痪在床，你们难道也要让机器去给他洗澡吗？生活有好有坏，上帝决定每个人过什么样的生活。比如，上帝说：'就让那个叫萨维里奥的小伙子去清理狗屎吧。'那清理狗屎的活儿就是我的了。"

　　路易吉诺接着说道："但是上帝也有可能这样说：'我们就让萨维里奥和阿苏迪娜相爱吧，然后再让他们养育几个健康、漂亮、聪明的孩子吧。'"

"好吧，但是你也要知道另外一件事情：一个人只有一开始才会觉得狗屎恶心，只要他连续几天清理马路上的狗屎，时间久了也不会感到恶心。"

第 18 章　商务早餐

　　想在那不勒斯的餐馆吃一顿体面像样的商务早餐，几乎是做白日梦！这个城市杂乱无序，不仅没有高大优雅的餐厅，菜单上都是碳水化合物类的食品，服务员和其他顾客都会有意无意地偷听周围人说些什么，还有绕来绕去、没完没了的说唱艺人。他们在餐桌旁弹奏各种乐器，觉得在餐厅里吃饭的外地游客都愿意听他们弹奏那不勒斯的著名民歌《热恋中的战士》。

　　尽管这样，在那不勒斯和客户共进午餐也不是完全没有可能。我记得当年还在那不勒斯工作时，约了客户一起吃饭。圣布里基达附近有一家叫'齐洛'的餐厅，菜做得不错，但需要排很长的队。我不想排队，所以选择了一家名叫圣路奇娅的餐厅，对面是一家电影院。那个客户习惯在中午 2 点吃午饭，我粗略地估算了一下，这个时间点餐厅里不会有太多的人。见面当天，我和客户走进餐厅后，果不其然，那里空无一人。我们按部就班地点了哈肉面条和荤菜，服务员离开后，我正打算谈正事，一位身材瘦弱、脸上堆满笑容的说唱艺人带着一把超级显眼的吉他走进了餐厅。他径直朝餐厅的一个不显眼的角落走去，离我们大约有 3 米远。我本以为他会慢慢地朝我们走来，还会边走边唱："你是一只鸟，即使要和这个美好的世界永别，你也会继续唱歌。"出乎意料的是他一直站在那里，一步都没有挪动。我便若无其事地和客户继续谈生意，猜测他可能要等我们谈完才会走过来献唱。当我们中途休息时，他果然朝我们走来，深深地鞠了一躬，接着拿出一个纸板，上面写着：刚才为了不打扰到你们的谈话，我没有弹吉他也没有唱歌。谢谢！

看到这句话，我立刻就懂了他的意思，从腰包里掏出了500 里拉给他。他道谢之后立刻就离开了。

结账时，服务员把账单拿给我们时说道："刚才那人可真可怜，家里有孩子要养，出来沿街卖艺却不会弹奏吉他。"

第 19 章　教授心目中的政治理想

请让我摆脱死亡之路，

这样我便能自由地去一个陌生的国度。

——泰戈尔《雁群》（*A Flight of Swans*）

"你每次都口若悬河，但最后也没说出个所以然。"维多利奥·帕鲁多博士对教授说道。

"你怎么能这样说我呢？"

"每次谈及政治话题时，你都没有说清楚你心目中的最完美的政治制度。"

"教授，帕鲁多博士想知道您会支持哪个党派呢。"萨维里奥插嘴说道。

"维多利奥，你骨子里就认为，在和别人探讨政治时，一定要先搞明白对方的政治派别，否则和对方谈论政治简直就是无稽之谈。对吧？"

"你支持哪个党派和我有什么关系。不久前，你提出了两个观点：首先，权力是小部分人想要欺压、统治大部分人的本能，并且很多人打着理想的旗号为自己谋得权力。其次，你还反对任何对抗权力的革命，提倡温和的改良。当然，我如果说得不对，你可以指出来。那么我认为，你说服其他人远离甚至无视政治，不要有任何的反抗、不满心理，成为不关心政治的人。但是，这样做正中了那些政治家的下怀，他们只是迷恋权力，并希望普通民众没有任何的想法和主见，只是他们的附庸。教授，我想请问，摘下你的面具，你到底支持哪个党派？您的政治主张是什么？"

"说实话，如果我和你说，我没有任何的政治主张，我心目中最理想的政治状态是安静地待在家里独自思考，你相信吗？"

"也许你说得对。今天的时间还很充裕，不如我们深入探讨一下，看看能否找到一种能让每个人都满意的政治状态？"

"我们朝着这个方向努力，看看最后能得出什么样的结论。大家思考这样一个问题：一个政治理想最需要的是什么？"

"人们的最基本需求是社会的正义和公平。那么什么是国家呢？霍布斯曾说过，自私是人的本性，个体对其他人的威胁就如同狼对人类的威胁。如果自私自利是产生国家的首要原因，那么国家的首要目标就是控制人的自私性，达到社会的公平和正义。"

"帕鲁多博士关于社会的公平和正义的看法，我完全赞同。但是，我觉得一个国家也应该保护个人自由。'自由'这个词的意义和用法太广泛了，但我们把范围缩小到今天探讨的内容，那么国家的首要目标和任务是限制人们的自由，这具有强制性。"

"国家限制人们的自由意志仅限于限制、规范坏人内心的冲动，避免他们对其他人造成伤害。"

"人们的行为是否违反了社会道德是由国家来评判的，而国家是由个体组成，个体生来就有自私心理，因此国家不能不保障公民的自由权利。"

"大家今天很快就谈到了实质内容：公平正义和个人自由，集体主义和个人主义。"教授说。

"我们为什么不能同时喜欢并拥有这两个内容呢？这样就可以得出最后的结论了。"萨维里奥问道。

"遗憾的是，鱼与熊掌不可兼得，我们也不能同时拥有正义和自由。"塞尔瓦托快速地回答，"每个人必须决定：自己想要生活在多一些自由却少一些正义的社会呢，还是生活在充满正义却缺少自由的社会呢？"

路易吉诺接着说道："这就取决于个人的性格。如果我是一只羚羊，在大草原上和狮子等野兽一起生活，或是被圈养在动物园里，每天等着饲养员来投食，那我宁愿生活在大草原上，和其他野兽一起争抢食物。"

"路易吉诺，你要考虑到很多那不勒斯人都是失业的状态，我们的市政府相当于你刚才所说的动物园，已经养活了2.5万名公务员，现在是极度超员的状态，不可能再有多余的岗位了。所有失业的人就像大草原上的野兽，必须为了生存而互相竞争。我觉得，市政府就应该像动物园，给所有的人相同的机会，让大家轮流去市政府工作。"

"不好意思，我要打断一下你们的对话。当代著名思想家伯特兰·罗素曾说过，世界有两种好处：物质享受和精神享受，它们分别对应的是占有性冲动和创造力冲动。物质享受的最大特点是数量有限。举个例子，你们非常想喝桌上的葡萄酒，却只能眼睁睁地看着我独自享受，连一滴都喝不到，这瓶酒是一种物质享受。"

"完全赞同。"萨维里奥附和道。

"精神享受的特点就是享受的东西不受数量的限制。如果我喜欢贝多芬的音乐，我可以享受音乐带给我的愉悦满足感，而且绝不会影响到你们享受音乐。相反，当你们和我在一起时，如果我听得越多，你们也会听得越多。伯特兰·罗素认为，精神享受在质量方面会优于物质享受。因此，如果人类的物质欲望没有得到满足，那么就不具有任何的创造性冲动。"教授说。

"如果我理解正确，这位大思想家想说，如果贝多芬当年连温饱都难以解决，就不会创作出这么多优美的乐曲。"

"现实情况就更加复杂了。那么，什么是基本的物质需求呢？每个人的物质需求的底线是什么？如果大多数人都有小轿车，那么没有小轿车的人就觉得自己很穷。因此，当我们谈论物质资源是否公平分配时，不能按照维持温饱的基本水准来评判，而是要以当时人们的平均生活水平为基准，再来判断物质分配是否均匀。人类只有满足了基本的物质需求后，才可能在精神层面上有所进步与发展。亚当·斯密提出了'资本主义'这一专有名词，资本主义发展的基础是自由竞争，资本主义社会无法保证社会的公平和正义，并且使人类远离了精神需求。资本主义持续发展的动力是人类的自私性，公众缺乏公民意识和博爱精神，因此整个社会在不断地激发着人们的贪婪本性及追求利益最大化。每个人都用经济收入来证明自己的地位和身份。权力和金钱可以凸显个体的成就与功绩。现在的人们都处于消费主义的旋涡中，我们不得不拼命地赚钱，不停地赚钱，为的是能够不停地买那些我们甚至都不需要的东西，以至于没有休息的时间，更没有时间和精力追求精神享受。人类过分沉迷于对金钱的渴望，追求纸醉金迷的生活，因此极大地阻碍了创造力向前发展。为什么以前物质生活那么匮乏而人们却活得更开心呢？消费主义提高了幸福的成本。活在当下这个年代，幸福的最低水准与过去相比已经提高了很多，以后会变得更高。现在家里有一台黑白电视机就很开心，但是以后别人都有彩色电视机，自己却没有，那时你就会变得很沮丧。"

"我家里的电视不能看第二频道，每周三第二频道播放电影时，我就得去小姨子家看电视。"塞尔瓦托迫不及待地说道。

"但是，我们现在有必要说清楚'自由'这个词的真实含义。"帕鲁多博士说。

"我给你一字不差地重复约翰·罗素的原话：政治理想

应该考虑到个体的差异性或个性，不应该把民众看成是一样的，他们之中有男人、女人、儿童等。每个人都是不同的个体，有着不同的想法，所以差异性中孕育着新的、好的想法。个性意味着生命力和活力的延续，而统一性是死亡的代名词。但是那些掌权的人深知，如果民众是千篇一律、没有差异性的，这样管理起来会十分容易，并且能预测到民众在想什么。社会的不公造成了物质财富的分配不均，缺乏自由则会造就没有思想的民众。"

萨维里奥接着说道："老实说，我对政治这玩意儿一窍不通。塞尔瓦托有一位从政的表兄，因此他对政治还能略知一二。我每次去参加投票时，感觉自己就像一头蠢驴，自己也不知道该支持谁，只能听朋友的意见。有一次，我和朋友费迪南多去投票决定是否支持离婚，我想投否决票，而他想投支持票，最后我们决定谁都不去投票站，而是在大楼的门房里喝了1升的葡萄酒。为了防止对方第二天悄悄去投票，我们就当着对方的面亲手撕了选票。拍着良心说实话，没有什么能把我和贝古柯分开，我怎么会给离婚法案投支持票呢？"

"谁是贝古柯？"

"贝古柯那一大家子啊，父亲、母亲、耳聋的小姑子。贝古柯的老婆把家里人都称为'我那些可怜的宝贝'。"

"贝古柯一家子和离婚有什么关系？"

"贝古柯为人处世也还不错，认识各行各业的人，所以就成了中间介绍人。"

"中间介绍人从何讲起？"

"假如汽车坏了，你去找贝古柯，他立刻能找到一个会修理汽车的熟人，这位熟人可以向你少收一些修理费。当然贝古柯也能从中赚得一些介绍费。"

"他认识哪些人啊？"

"各行各业的人，瓦工、水管工、裁缝、殡仪馆的人、餐馆老板、电工等。"

"我在福尔特扎服兵役时认识了贝古柯，退役后在曼佐卡诺南路的一家台球厅又遇到了他，因此我们还经常一起玩纸牌。他看到我的房子后，就感叹地说道：'天哪，你的房子可真大。你可以把其中的一个房间租给我和我老婆，把另外一个小房间租给我妹妹。我妹妹不久就要嫁给一个小学老师了，然后她就会搬出去。我和我老婆很安静，不会打扰到你们的。我们全家人都很安静，保证不会打扰到你们。我们结婚已经 5 年了，上帝一直没有让我老婆生下个一男半女。'我就很好心地把一个房间租给了这两口子。自从他们搬进来之后，上帝就彻底地改变了想法，让他们在 5 年之内生了 4 个孩子。他老婆还在坐月子，居然又怀孕了，他们最小的孩子现在都已经 8 岁了。几天前，圣安娜广场报刊亭的老板把贝古柯家小孩子的皮球的气放了，这野孩子差点一把火把报刊亭给烧光了。贝古柯有一个妹妹叫阿美莉娅，她的耳朵也不知道什么原因就听不到声音了，而她的那个男朋友也变成了牧师，阿美莉娅现在是心灰意懒，打算一辈子不嫁人了。

你们也许已经能想象出我家里是什么状况了。贝古柯的 4 个孩子和我的 3 个孩子待在一起，关系好的时候简直是可以穿一条裤子，闹别扭时恨不得把对方都整死。贝古柯的岳父过去是一个马车夫，贝古柯的老婆简直就是一个吵架高手，会各种花式吵架。我老婆也经常和她吵架。我实在是看不下去了，所以就劝他们两口子再租一个房子吧，两家人再这样继续住下去，早晚会出人命的。他却说，没有人能让他离开这个房子，就算是部队里的装甲车来了，他也不会离开这里的。你们现在明白，贝古柯和离婚有什么关系了吧？如果一个人连贝古柯这样的奇葩都甩不掉，那他怎么可能抛弃自己的妻子另立门户呢？"

第 20 章　报童

今天下午，我在拉迪菲洛公交站等车。当年在学校里的好哥们儿德伦奇开着一辆牌照是卡塔尼亚 127 的小轿车经过公交站，看到了我便摇下车窗和我打招呼。

当时堵车很严重，他的车就一直停留在公交站前，挪都没法挪动一下。趁着这会儿工夫，我们就聊了起来，还想起了尘封已久的校园往事。"波塔奇后来怎么样了？""你还记得那个阿瓦龙南教授吗？""外号是 IE 的同学叫什么来着？"我一直站在公交站台上，他突然问我："你要去哪儿？"

"国家广场附近。"

"上车，我顺路带你过去。"

为了能和老同学叙叙旧，我就毫不犹豫地坐上了车。

"德伦奇，你现在在哪里高就啊？"

"我在 SAMAP-ITALIA 公司驻卡塔尼亚分公司当经理，主要卖建筑材料和塑料制品。这份工作谈不上多好但还说得过去。我这次回那不勒斯过圣诞节。我已经在卡塔尼亚工作 7 年了，娶了当地的一个女孩，都有两个闺女了，一个 3 岁、一个 5 岁，我在那里也有了自己的人际关系和朋友圈，但没有一天不想念那不勒斯。感谢上帝的保佑，大家都平平安安地活着。你在做什么呢？"

我正打算开口说话时，一个报童手里拿着一摞《那不勒斯晚邮报》，大声地吆喝着："卡塔尼亚出大事了，卡塔尼亚出大事了。"老同学见状迅速买了一份报纸，慌张地翻看报纸，但翻来翻去都没有找到卡塔尼亚出事的新闻报道。这时，卖报小男孩靠近车窗说道："先生们，不用担心，如果报纸没有任何的报道，那就说明根本没有发生任何重要的事情。"

听完这句话，我的老同学立刻明白被报童戏弄了，但又无可奈何，只好狠狠地踩了一脚油门，猛追前面那辆挂着卡塞塔牌照的车辆。

第 21 章　那不勒斯的传统情人节

　　　　我们每一个人都是折翼的天使，只有拥抱
　　彼此，才能飞得更高，飞得更远。

　　　　　　　　　　　　　　　——德·克雷申佐

　　"你们还记得，那不勒斯人在过去是如何庆祝那不勒斯的情人节吗？现在却没有一点儿节日气氛，和普通日子没什么区别，人们甚至都没有察觉到情人节的到来。过去完全不是这个样子，人们数星星盼月亮地期待着这个节日早点来。罗马路、帕特农贝路和里维拉路两旁的房子都有露天阳台，家家户户都邀请亲朋好友来自家的阳台上看楼下经过的游行演出队伍：小号、彩纸、人们的嬉笑打闹声都是这个节日的主旋律。调皮的孩子按捺不住躁动的心情，会下楼加入游行队伍中。小时候，队伍经过我家楼下时，不管我怎么央求，我妈妈都不允许我下楼，因为她觉得不太安全。于是，她就给我买了一顶大帽子，就像用彩纸做成的大桶。我会提前用一根长长的绳子拴住帽子的上方，手里紧紧地抓着绳子，当游行队伍经过我家楼下时，我会很调皮地突然把帽子扔下去，正好落在游行队伍里某个人的头上。"贝拉维斯塔教授说。

维多利奥·帕鲁多博士接着说:"我记得,这不是个什么好节日。那天大街上总是会发生一些暴力事件,而且噪声不断。这么多年过去了,人们觉得情人节是一个很有趣的节日,这是人们对青春岁月的美好回忆,并非是真的想念这个节日。"

"帕鲁多博士的话玷污了我对节日的所有美好回忆。"

"我们打开天窗说亮话吧。其实那不勒斯的很多民间传统让这个城市变得更糟糕。以前人们在情人节那天碰到游行队伍都要躲着走,生怕被砸伤,其实没有人在这一天能够真正玩得开心。"

"怎么就没有玩得很开心呢?我记得小时候,每到这一天大街上都会有很多装扮一新的马车,有的马车上挂着意大利的国旗,那不勒斯著名的普奇内拉和阿勒奇诺卡通人物、艺人们在车上唱歌跳舞;还有的马车装饰以海鲜为主题,车上的美女们穿着假的生蚝外壳,还露出了大腿;有的马车上摆放着有缕缕青烟和缆索铁道的假维苏威火山,车上的演员放声高歌:'伊阿梅,伊阿梅,伊阿梅,伊阿梅啊。'这个节日有着很多的美好回忆。我爸爸还给我买了一个小号,用硬纸板做了一个帽子,用墨水把帽子染成黑色,用胶水把鸡毛粘在帽子上。过节那天,爸爸还会把家里养的小鸡杀了,全家人能吃上一顿香喷喷的炖鸡肉。"

"你们还记得,市政府在这一天在海边举行烟花秀吗?"

"但为了看烟花,等待的过程很漫长也很无聊。海边突然会出现一拨烟花,还要再等上两个小时才能看到第二拨烟花。

每年为了看烟花秀，我到最后都是在沙发或扶手椅上睡着了。"

"我奶奶住在维多利奥埃马努埃莱路，她的房顶上有一个露天阳台，那不勒斯海湾的全景、蛋堡和比特拉萨拉塔都一览无遗。每年我们全家人都会去奶奶家看海边烟花秀。每到情人节这一天，家里的亲戚、七大姑八大姨也会过来凑热闹，等着晚上一起在露天阳台上看烟花秀。奶奶就忙着张罗一大桌丰盛的晚饭，这和圣诞晚餐没什么区别，你们真的无法想象这个晚餐的环境是多么的嘈杂。晚饭开始前大家举杯庆祝，到后来小孩子们就扭打成一团，哭闹声不断，大人们的聊天声音也是一浪高过一浪。"路易吉诺回忆着儿时的美好经历。

"路易吉诺，我还真没看出来，你还会和其他人打架？"

"为什么不会呢？我也是个孩子啊。在折腾了一整天后，小孩子们就上床休息了，而我们年纪稍大一些的就强忍着瞌睡，坚持等到烟花秀。夜间阳台气温很低，所以我们就派一个人去阳台上守着，他一看到烟花，就立刻朝屋内大喊：'烟花秀开始了，有烟花了。'这时其他人就一窝蜂地冲向阳台。我爸爸朝我的小叔们喊道：'把妈也带到阳台上去。'小叔们就直接搬起奶奶坐的那把椅子，把椅子和奶奶一起搬到阳台上。'快看，今年的烟花可真漂亮。'欢呼声、尖叫声此起彼伏。有一年，我站在比较靠后的位置，旁边是比我小 1 岁的远方表妹阿努齐亚。我当时就有点儿喜欢她，还给她写过情诗，每次吃饭时其他人故意让我们俩挨着坐在一起。那天晚上，我悄悄地牵起她的手，她一开始很害羞，极力想挣脱，但后来却紧紧地握住了我的手，我感觉她的心脏都快跳出来了。我扭头瞅到她的双脸有些泛红，也许是因为害羞，也许是因为烟花照红了她的脸颊，但我们已经很多年没有联系了，也不知道她现在怎么样了。"

第 22 章　杰那利诺：专业碰瓷人

"工程师，如果您早来 10 分钟，您就有机会认识杰那利诺，一个专业碰瓷人。"

"谁？"

"杰那利诺是我和萨维里奥的共同好友，也是那不勒斯的一个名人，意大利保险公司圈内无人不知无人不晓。"

"他是做什么的？"

"他是故意躺在汽车下，然后向保险公司索赔的碰瓷专业户。"

"你们交了一个损友啊！"

塞尔瓦托慌忙解释说："不是您想象的那样。他也需要养家糊口，为了点儿钱，他不知道撞断了多少根肋骨。"

"就是因为杰那利诺这样的人，我那辆有那不勒斯牌照的汽车必须付双倍的保险费（因为那不勒斯有很多专业碰瓷户骗取保险费用，交通事故发生率高于其他城市，所以那不勒斯的车辆需要交付更多的保险费），你们觉得他这样做对吗？"

"杰那利诺的祖辈都是以做手套、卖手套为生，但是近年来不戴手套成为一种时髦，只有小偷作案时怕留下指纹才会戴手套。杰那利诺18岁就结婚成家了，生了好几个孩子，他总得想办法赚钱养家。后来，他就找到了新的赚钱'门路'：去火车上扒窃洗手间里的黄铜等五金配件。他在火车上偷下卫生间里的五金配件，然后从窗户扔出去，随后下了火车再去铁路沿线找这些五金配件。可怜的杰那利诺再一次被命运捉弄了，铁路局改变了火车洗手间的构造方式，他只能再次改行成为碰瓷专业户，这个工作最起码能保证他有相当稳定的收入。"

"保险公司难道不知道那些事故是假的吗？"

"工程师，那可不是假的，杰那利诺是真的躺在了汽车的轮胎下。"

"他不怕被汽车撞死吗？"

"他在这方面就是个艺术大师！他很有眼力见儿，能准确地判断出车速、汽车的类型、司机的反应速度和经济状况。他只要稍微出一点点差错，就可能葬身于汽车轮胎下，去了另外的世界。万一再碰到那种小气鬼，为了省下那点儿钱，根本没有交保险费，他这一单就白做了。"

"他会伤得很重吗？"

"他每天都要去碰瓷，今天碰到这里，明天伤到那里，更何况他也一把年纪了，因此身体受伤也是无法避免的。好在老天爷这次终于开眼了，还让他攒下了一些钱。不久前，意大利主要保险公司的高层还专门开会商量解决杰那利诺的事情，他们最后与杰那利诺达成协议，只要他不再故意去碰瓷，保险公司可以每个月给他提供一笔固定的费用，就像退休金。"

"他现在最起码不用拿命去赚钱了。"

"杰那利诺现在也不满足于保险公司给的那点死工资了！他似乎时来运转了，居然开始做'碰瓷批发生意了'。"

"'碰瓷批发生意'是什么？"

"杰那利诺不再亲自出马去马路上碰瓷骗取保险费了，而是换了一个方法。比如，他的某个邻居不小心摔断了腿或是从楼梯上滑下来了，他们的第一反应不是去医院接受治疗，而是去找杰那利诺。杰那利诺立刻找一位熟人或朋友，这位熟人的车必须没有申请过保险赔偿。杰那利诺用这辆车人为地制造出一场交通事故，最后才带受伤的邻居去医院接受治疗。

"在杰那利诺的精心安排下，汽车车主、受伤的邻居和杰那利诺可以按照一定比例分保险公司给的赔偿费。我觉得，杰那利诺看到因车祸受伤的人，都能判断出受伤部位、严重程度、住院时长及赔偿费用，简直就是医院的外科大夫。说得更夸张点，他去卡波迪蒙特医院当创伤学的主治医生也不是没有可能，毕竟他的经验那么丰富。"

第 23 章　犯罪

我在教堂听到一个无赖做祈祷，他希望上

帝能派保护神圣杰那罗保佑他中奖。

——大仲马《双轮马车》（*Corricolo*）

一个年轻的女孩在参特参勒被 4 个流氓施暴了。萨维里奥大声地读着《罗马邮包》上的一篇新闻。"教授，'被施暴'是什么意思呢？"

"意思是 4 个男孩强奸了这个女孩。"

"按照这个道理，我和我老婆在床上亲热时，那也是对她进行了暴力？"萨维里奥问道。

"你理解错了，新闻里 4 个男人对那个女孩实施了性暴力。"

"教授，今年夏天我在卡波迪蒙特博物馆认识了一个德国女人，她足足有 1.8 米高，还是一名教授。她来那不勒斯就是为了参观卡波迪蒙特博物馆，当时问我博物馆的入口在哪里，我就假装非常愿意陪她参观博物馆。后来我们谈得很投机，最后我们一整天都在博物馆的寄存处的一个角落享受男女性爱之事。这个德国女人当时打算撕掉返回德国的飞机票，后半辈子在那不勒斯定居。用她的话说，遇到我之后，她有了一见钟情的感觉。在那一刻，我不得不说出自己已有家室的实情。她居然没有生气，还很深情地说："亲爱的萨维里奥，和你在一起我感到很开心。下次有时间，我就来那不勒斯找你，再和你一起享受翻云覆雨的乐趣。'"

"萨维里奥，你没有对她进行暴力行为。因为你们是一对一的关系，并且如果那个德国女人不同意和你发生关系，她会对你拳打脚踢，真正受到暴力的人是你。新闻报道中却是四个流氓强奸了一个少女。"

"这一帮不要脸的臭流氓。"

"遗憾的是，我们什么也做不了，只能任由暴力发展。"贝拉维斯塔教授带着无奈的语气说道。

维多利奥·帕鲁多博士说道："莫拉维亚曾在'奇尔切奥暴力事件'后写道：坏事情存在于社会体系中。如果有权势的人对弱势群体滥用手中职权，那么杀人事件也就不可避免了。"

贝拉维斯塔教授说："现在的人不仅完全抛弃了 19 世纪的积极价值观，例如对国家的爱、对家庭的责任感和保持忠诚，而且不担心我们这个年代缺乏正确的理想信念。现在只有共产主义者和足球球迷还坚持着最初的理想。但是，一个没有理想和信念的人是无法生存的。理想可以使人勇敢地追求爱情、自由、忠诚和独立等。丧失理想的人会憎恨权力，只能用毒品和宝马汽车等来麻痹自己。如果你们有孩子，就会发现现在的孩子们没有信仰、没有艺术思维，更没有才华。家长应该让他们参加体育锻炼，或尽早加入共产党，这样也许能避免他们偷偷吸毒或走上歧途。

"教授，人们应该怎么做才能反对并杜绝暴力事件呢？"

"'为什么会有暴力'这个话题有些复杂，每个人都有自己的见解，且这些观点都有一定的道理。有人说，暴力是人类的本能和天性；还有人认为，毫无节制的享乐主义、信仰的丧失、社会缺乏规章制度而引起的混乱无序、没有战争来发泄暴力、社会对暴力并非零容忍的态度等都是社会生活出现暴力的原因。"

"教授，您是说法西斯分子吗？"

"对，我们必须牢记帕索里尼被法西斯激进分子暗杀前说过的话。他说，我们习惯把暴力原因归结于外部，例如某个法西斯团体在地窖里密谋如何摧毁我们。但更可悲的是暴力已经存在于我们社会内部，也许不是先天的，但一定是被现在的社会制度纵容出来的。"

"帕索里尼难道不是同性恋吗？"

"帕索里尼是一名知识分子，也是反法西斯主义的代表人物，因为他在公开场合说了很多批判法西斯分子的言论，所以他们视他为眼中钉。但有时候人们只看公众人物做什么，却不思考他们为什么这样做或想什么。正如谚语所说：手指指向月亮，但傻子只会看手指。"

"但是……"

"他在去世之前曾警告公众，社会的坏人、恶魔越来越多，但没有引起人们的重视和警觉。他曾说过：'大家不要看电视，电视宣传的内容会对我们造成消极影响，使好人变成坏人，坏人也越来越多。'不管他说什么，大众总是置之不理。与此同时，心理学家还在高谈阔论'人之初、性本善'的道理，就是不愿意承认社会中有很多坏人、恶魔。而真正的恶魔却对帕索里尼恨之入骨，最终把他暗杀了。"

"他具体指的是哪些坏人呢？那个杀死他、外号叫'青蛙'的皮诺吗？"

"天哪，我在说消费主义，你却问其他问题。如果一个人没有文化，也没有基本的道德底线，而电视每天播放的都是人们享受着消费主义带来的幸福感，那最后会发生什么事情呢？他难道会忍气吞声，看着别人享受物质，自己却要忍受贫穷带来的低人一等的生活吗？"

"教授，您觉得每个人都应该去争取自己想要的东西吗？这难道不是无政府主义吗？有人含着金汤匙出生，有人却只能在贫穷中艰难成长，每个人都有自己的宿命，最后都会习惯自己的生活，最后就不那么在乎物质了。"萨维里奥说。

"萨维里奥，你不在乎钱等这些外在物质，那是因为你的思维太那不勒斯式了，远远地超过你自己感觉到的。如果消费主义可以不断提高你的生活水平，但你对精神享受毫不在意，也无法摆脱广告对你的影响，你会怎么做？也许你会拿起一把冲锋枪，朝着黑暗的小巷中朝你走来的第一个人开枪射击。"

"教授，我怎么会用枪杀人呢？再说了，我们也没有亲眼见过冲锋枪啊。"

帕鲁多博士接着说："消费主义是引起犯罪的重要原因，我举双手赞同。但是你要注意到，大多数犯罪事件的主角都是被社会抛弃、边缘化的弱势群体。一个人若有稳定的工作和收入，他当然会安分守己地过日子，绝不会想着去杀人。那不勒斯有 150 万人口，其中 20 万人失业，这都是因为国家大力推进工业化造成的，但国家和政府却对此毫不在意。这已不是人性善恶的话题，也不是理想丧失的问题，实质原因是国家根本没有进行认真的规划和管理。"

教授接着说："这就有必要说一说工业化了。那不勒斯被工业化摧残到体无完肤。很多人认为，工业化可以解决那不勒斯的很多社会问题，但事实是工业化给那不勒斯带来了更多的问题。大家想想看，没有冒着工业浓烟的那不勒斯，巴格诺利平原上未经工业化开发的那不勒斯，这里有波西塔诺、阿马尔菲、伊斯基亚岛、卡普里岛、普罗奇达、拜亚、阿弗诺湖、庞贝城、赫库兰尼姆、维特里、库马、法托，以及维苏威火山、岛屿、岩石、山脉、火山、湖泊。这是一座世界旅游之城、欧洲的拉斯维加斯、人间天堂啊！我们就用蛋堡举例，这座美丽的中世纪城堡，到处都是宽敞的大厅、小巷和引人入胜的商店。而现在的那不勒斯已经完全被意达斯德尔（Italsider）钢铁工厂 [①] 改变了，只剩下了酒店、别墅、赌场等。

　　如果蛋堡被用作国会大厦，里边就会有很多会议室、同传房间，城堡外就是各种餐厅和商店，大家想想看，那不勒斯是更适合旅游行业的从业者还是冶金机械领域的工人呢？如果那不勒斯打算修建一个国际大型火车站，具体需要什么呢？最起码需要上帝把好山好水安排在这个城市，还要有一个独立的私人企业来统筹、规划、管理建设施工过程。就算上帝把全世界最优美的风景都赐予那不勒斯，我们也找不到一家能把火车站建好的私人企业。"

　　"那不勒斯有多少人以旅游行业为生呢？"

　　"大约有150万的那不勒斯人的工作与旅游业息息相关，宾馆酒店经营者、商人、水手等。那不勒斯的自然财富数不胜数：湛蓝的天空、一望无际的大海、宜人的气候、美不胜收的岛屿、温泉、随处可见的古迹、天性善良的人们。那些国外商业巨头来到那不勒斯投资，就知道胡乱、粗暴地盖楼，却破坏了意大利南部的自然美景。"

　　"这和犯罪有什么关系呢？"

　　"当然有关系了。有人生来就是坏人，这是不可否认的客观事实。但大部分人进行偷盗是被逼无奈，为了活下去不

---

① 意达斯德尔钢铁工厂：是意大利20世纪60年代著名的钢铁企业，在整个欧洲也是非常有名的，是意大利大型钢铁企业伊尔瓦钢铁（Ilva）的前身。

得不铤而走险。过去人们为了存活而直接偷抢，现在的犯罪根源却是消费主义。新闻经常会出现开枪杀人的报道，这让我们意识到犯罪分子开枪杀人不再是为了抢劫，或许只是为了发泄内心的不满，这是一种赤裸裸的暴力行为。"

"那不勒斯现在还有很多偷盗事件。上周，有人偷了库马纳铁路路段的5小节铜线，火车在荒郊野外被迫停车。"塞尔瓦托打断了教授。

萨维里奥说："我也看到过类似的报道，几个惯犯偷了安装在卡拉奇洛路的两个发动机，市政府本来是要通过这些发动机把下水道的污水引到库迈。真搞不明白，这些小偷为什么要偷发动机呢？"

路易吉诺说道："我觉得，人们只通过报纸的新闻消息来了解社会并不完全正确。帕鲁多博士刚才提到的那些事情并不是那不勒斯的全部。人们如果每天只看这类报道，比如儿子杀了父亲、父亲杀了儿子、跟踪监视小孩，内心肯定觉得世界上没有一个好人，但绝大多数的那不勒斯人都很善良。只是新闻媒体故意不报道真实、美好的事情，毕竟这些新闻无法吸引读者的眼球，不具有新闻的焦点和关注度。如果一份报纸都是美好、积极的报道，比如艾斯波斯特会计的月工资涨了22000里拉，于是他和妻子一起去看了《呼喊与细语》电影的首映式；卡卡参先生和达库顿先生两个人玩纸牌，卡卡参先生运气好到居然没输一分钱，而达库顿先生也不会嫉妒甚至大打出手。安杰拉·卡卡尼小姐成了意大利航空公司的一名空姐，她的母亲把一枚心形胸针作为礼物送给她，她也可以别在空姐制服上；帕斯夸莱·杜奇罗先生去学校接女儿，孩子一看到父亲，就高兴地大喊道：'爸爸，爸爸……'"

第 24 章　彩票的魔力

　　某天下午 2 点，骄阳似火，我和帕斯夸莱·阿莫莱索夫妇在特勒尼奥市附近的一个小酒吧碰面。

　　维苏威火山山脚下有一条省道，这条省道经过了维苏威火山下的所有市镇。我们刚刚开车只经过了圣安思塔思亚市、索玛市、奥达维亚诺市、圣朱赛佩维苏威式市和特里尼亚市。帕斯夸莱和他老婆因为彩票的事情发生了好几次争吵。我一边劝说他们不要大动肝火，一边欣赏着维苏威火山的背面平时难得一见的景色。

　　餐巾纸、大理石餐桌、随处乱窜的小鸡，这种小酒吧在维苏威火山下的市镇随处可见。我们已经饿得饥肠辘辘，所以就狼吞虎咽地吃了意大利面、黑面包、黄油、凤尾鱼、波思特莱卡塞镇产的香肠、格拉尼诺镇产的带有辛辣味的葡萄酒。

　　我的一个客户知道我对那不勒斯及其传统文化很感兴趣，所以他就对我说："工程师，那不勒斯人都很喜欢玩彩票，而有一些预测大师似乎具有某种神奇的魔力，能猜中中奖号码。我们大楼里有一个门卫叫帕斯夸莱·阿莫莱索，他对彩票颇有研究。我把他介绍给你，他就会带你去一个叫克罗德卡尔米诺（这是一个充满神奇魔力的地方）的地方，给你说说那些会预测中奖号码的大师的事情。"因此，就有了今天我和帕斯夸莱·阿莫莱索夫妇的碰面。

帕斯夸莱解释说，今天要去见的这个预测大师和以前的预测师不一样，他绝不会说出具体的中奖数字。"他不愿意说出具体的数字，有两个原因，第一是上头不允许他这么做。"

"谁不允许他这么做？"

"上帝啊！"帕斯夸莱用食指指着天空说道，"如果预测大师对人们透露太多的中奖数字，那么上帝会很生气，作为惩罚就会立刻停止对他们的保佑和恩惠。"

"第二个理由呢？"

"如果他和人们很明确地说中奖号码，人们都中奖了，也会引起政府的怀疑，从而派人调查。预测大师以前都会告诉人们具体的中奖数字，'下个周六，第三组中奖数字是 17，而下下个周六的第三组中奖数字是 18。'大师有一次对人们这样说。抽奖当天在比安吉奥路举行摇号抽奖，抽完前两个数字，等待第三个数字出结果时，现场人群突然高喊'18'，声音一浪高过一浪，最后摇号抽出的第三个数字果然是 18。事实上，热衷于彩票的那不勒斯人甚至不惜倾家荡产，变卖了家里的金银器具等值钱的东西。政府觉得很蹊跷，为什么现场那么多人都希望摇中 18，并且也正好摇中了18？于是组织税警和宪兵展开调查。经过一番明察暗访，最终发现是某个预测大师告诉人们数字 18 会中奖。从此以后，预测大师就不敢告诉人们具体的数字，只给出一些暗示和提醒，让人们自己去分析和猜测。"

"具体有哪些暗示呢？"

"预测大师们给出的提示语都与生活琐事有关。如果人们自己能听懂预测大师的那些话，自己就可以猜测最终的中奖数字。如果自己无法体会到他的言外之意，那就找一些行家帮忙分析预测。我就认识一个这方面的行家，住在维拉诺瓦，他对预测大师说的话都能做出精准无误的分析判断。"

"那预测大师如何给出暗示呢？"

"预测大师认为，'塞尔瓦托'这个名字代表的是数字 6，'杰那罗'这个名字代表数字 19，并且杰那罗喊塞尔瓦托："你快坐到我旁边。''喊'这个动作代表数字 52。您觉得，这说明了什么？"

"说明了什么？"

"'杰那罗'代表数字 19，19 的个位数是 9，而'塞尔瓦托'代表数字 6；预测大师暗示的是，这次中奖的数字可能是个位数和十位数之和是 6。那么，哪些数字符合这个要求呢？"

"哪些？"

"6，15，24，33，这些数字的个位数和十位数加起来就等于 6。"

"42，51 也是这种类型。"

"您的理解完全正确。但是如果我们要找到其他一些数字，这些数字的个位数和十位数之和是 6，并且个位数也必须是 9，那么哪个数字同时符合这两个条件呢？"

"哪个？"

"69！"

"为什么？"

"69 的个位数'9'加十位数'6'就等于 15，而 15 的个位数'5'加十位数'1'等于 6。既然'杰那罗'这个人名代表数字 19，而'塞尔瓦托'这个名字代表的是数字 6，并且杰那罗想和塞尔瓦托挨着坐在一起，我们不妨推测中奖数字是 25 和 77，或者是 69 和 77。"

"这和 25，77 有什么关系呢？"

"'杰那罗'代表数字 19，'塞尔瓦托'代表数字 6，并且他们挨在一起，那么 6 加 19 就等于 25 啊。我再举一个例子，比如预测大师说'罗莎腋下夹着乔瓦尼'。"

"什么意思？"

"您就要选择 54 这个数字，因为'罗莎'代表数字 30，而'乔瓦尼'代表数字 24，30 加 24 就等于 54！在一开始举的例子中，如果杰那罗和塞尔瓦托最后没有挨着坐在一起，仅仅是离得比较近，那就不仅要考虑个位数和十位数之和，还要考虑最后一位数字，因此我们要选的号码应该是 69。"

"那如何解释 77 呢？"

"'喊'这个动作代表数字 52，'杰那罗'代表数字 19，'塞尔瓦托'代表6，'杰那罗喊塞尔瓦托'这句话的言外之意就是：52 加 19 加 6 等于 77。"

"当你去预测大师那里取经时，他说的每句话、每个单词都不要错过，否则你极有可能就无缘中奖了。有一次，这个预测大师就对我说：'安东尼奥看到帕斯夸莱正在下楼，当帕斯夸莱双脚马上要离开最后一个楼梯踩到平地时，安东尼奥却正好撞倒了朱赛佩。'听他说完这句话后，我仔细地分析了一下，最后选择了 8 这个数字。"

"为什么是数字 8 呢？"

"因为'帕斯夸莱'这个名字代表数字 17，个位数与十位数之和是 8。帕斯夸莱马上要离开最后一个台阶，走到平地上，那么我就觉得个位数与十位数之和是 8 的最小数字只有 8 了。最后我真的中奖了。"

"我好像明白了。"

"我还选择了 32，因为'安东尼奥'代表数字 13，'朱赛佩'代表数字 19，既然安东尼奥倒在了朱赛佩身上，那么 13 加 19 就等于 32。预测大师就是用这样的方式进行暗示，所以我最终选择了 8 和 32 这两个数字。我花了 1 万里拉选中了两个数字，如果刚好这两个数字同时被摇中，我就能赢 250 万里拉，但最后并没有摇中。"

"最后摇中的是哪两个数字？"

"8 和 50。因为安东尼奥倒在了朱赛佩身上，所以'安东尼奥'代表的数字 13 变成了 31，31 加 19 等于 50。"

　　"这么复杂，所以绝不能错过、漏掉预测大师说的每一个单词。"

　　"一个都不行。"

　　"除了今天要见的这位，是否还有其他的预测大师呢？"

　　"工程师，您要知道那不勒斯总共有 72 个预测大师。"

　　"72 个？"

　　"过去这些预测大师彼此都很熟悉，现如今他们中的有些人成了律师、医生等，但他们都不愿意公开自己的身份。那不勒斯曾经有一些名气很大的预测大师，比如卡利、布提里诺、圣维托勒、圣萨布那罗、圣马可。有一次，有些想中奖的人为了让卡利说出具体的中奖数字，居然把他头朝下、脚朝上拎起来，但他只说了一句话：'你们打死我，我也不会告诉你们的。'人们疯狂地追逐一个事情时，就会丧失理智。"

　　"圣马可也能做出毫无人性的事。据说，有一次圣马可收到了上帝的指令，他必须要告诉他的死敌下次中奖的数字是 3 和 59，他没有直接说出数字，而是直接把一锅热水倒在了那个人的大腿上。因为'热水'代表数字 3，'大腿'代表数字 59，圣马可想通过这样的方式，告诉死敌可以买 3 和 59 这两个数字。"

　　"这简直太荒谬了。"

　　"说实话，他们这些预测大师也很怕自己大晚上暴毙。"

　　"谁会暗杀他们呢？"

　　"来自上帝的力量！难道只有活人才能算计、暗杀他们吗？唐·安东尼奥是某个预测大师的小助理，他有时候会帮我分析大师说的话。他和我说这些预测大师在晚上也会很心惊胆战，总之他们也有很多烦恼。"

"夫人，您信这些吗？"

"我才不相信这些鬼玩意儿。我并不是说我丈夫刚才说的都是假话，我就是想不明白为什么工程师、空军上校这些受过高等教育的文化人也会相信这些迷信。当然贵族阶级也有脑子不灵光的人，但是我经常对我老公说：'感谢上帝已经给了我们一个不错的社会地位，你怎么总是和这些人打交道呢？'他就不耐烦了，还用脏话来骂我。那我只好反驳他：'你玩彩票已经十来年了，难道你还没有明白这是一种骗人的把戏？那些预测大师……'"

"工程师，您不要听她瞎说！"帕斯夸莱转头对妻子说，"你一个女人家，有些事情你不懂。我也中过几次奖，有几次我就同时中过两个数字甚至更多的数字。"

"中奖后就赢了那点不值一提的破钱。"

"玩彩票玩的就是一种希望，我总不能一辈子这么穷吧，那活得和乞丐有什么区别。只要死之前能中奖，我就能心满意足地离开这个世界了。"

"你别说这种丧气的话，上帝会听到的。不管怎么说，那些预测大师就是一帮大骗子。工程师，我们虽不富裕，但是也不愁吃喝。如果我丈夫每周能省下玩彩票的 1 万里拉，我们的日子会更好。我爸爸经常说：'我从不玩彩票，所以我就能节省下 500 万里拉的买彩票钱，这就相当于我赢了 500 万里拉。'"

"什么破逻辑。"

"就你聪明，一天就知道找那些预测大师。"

"上帝啊，我起码尝试过。有一次那不勒斯下雪了，但是我必须去克罗德卡尔米诺找预测大师询问买哪个数字。那个时候我还没有私家车，所以就骑着小摩托车去找预测大师。我到他那里时，整个人都冻成冰棍儿了，他都差点儿认不出我是谁了，用十分怜悯的语气对我说：'帕斯夸莱，这次我想送你一个礼物，你就买 24 这个数字吧。'"

"你买了吗？"

"当然买了啊。"

"中奖了吗？"

"没有，最后中奖号码是 3 和 17。因为'礼物'代表数字 3，而'帕斯夸莱'这个名字代表数字 17。"

"工程师，如果我没有听预测大师的话，自作主张，一般都会输得很惨。"

"等到下一周，那个预测大师说：'一个吉卜赛男人和一个吉卜赛女人做爱。'我分析之后决定买 79 这个数字，但那个时候我老婆想去伊斯基亚岛旅游，所以就不允许我去买彩票，而且我也不知道岛上的彩票站周六上午不营业。等到当天下午 5 点打开收音机时，播音员说 79 就是中奖号码。"

我们就这样谈论着中奖号码的个位数字、十位数和个位数之和，不知不觉就来到了卡尔米奈十字山。虽然这也是一个小市镇，但只有一条主干道，路边有 12 户人家、1 个教堂、1 家酒吧，酒吧里还能买到超市卖的东西。"你们看到唐·卡安塔诺了吗？"帕斯夸莱大声地问道。"他在广场。"某个人说道。我们本来打算去广场上找他，但刚好在酒吧门口遇到了他。听说这位预测大师年轻时在美国待过，现在 40 岁出头的样子，黝黑的皮肤，胡子又长又白还很凌乱，下巴上有个明显的疤痕。头上戴着一顶帽子，穿着一件破旧的黑色西装上衣，里边套着奶咖啡色的羊毛衫。

"唐·卡安塔诺，您最近怎么样？我想把您介绍给我的一个朋友，他对那不勒斯的彩票特别感兴趣。"帕斯夸莱兴高采烈地说着。

预测大师说："最近还不错，我们坐下说吧。我有点儿饿了，得先吃点儿东西。"

我、预测大师和帕斯夸莱走进了酒吧最里边的一个小隔间，光线没有那么刺眼，里边摆着 4 张餐桌和 1 个桌球台。帕斯夸莱的老婆就待在车里，因为她一听这些东西就很烦躁。

预测大师唐·卡安塔诺点了一瓶啤酒和一个夹奶酪的三明治，然后从一本小学一年级的笔记本上撕下了一页，画了两条平行的线条，思考后说："安东尼奥在沟渠附近等帕斯夸莱，因为他们有一个约会。安东尼奥对帕斯夸莱说：'帕斯夸莱，我等了你很长时间。'"

预测大师说完这句话，看着我们说："我说完了，你们可以走了。"

帕斯夸莱站了起来，给预测大师的口袋里塞了500里拉——预测大师本人是不能直接碰这些钱的。我去吧台付了他的午饭钱。

我们离开酒吧时，帕斯夸莱很严肃地对我说："我们回车里细说。"

他刚刚发动车子，就开始回忆、分析预测大师刚才说的那些话。

"'安东尼奥'这个名字代表数字13，'沟渠'代表数字65，而他离沟渠很近，因此我们要选择的第一个数字应该是78，否则他为什么要强调安东尼奥离沟渠很近呢？第二个数字我们可以选择43，17，或者个位数和十位数之和是8的数字，8这个数字代表着'迟到'。"

"为什么？"

"他刚才说'安东尼奥等了帕斯夸莱很长时间'，我们就要找那些个位数和十位数之和是8的数字。因为今天预测大师迟到了很长时间，要不然我们就可以去维拉诺瓦找我的那个熟人，他可以更准确地帮我们解释预测大师说的话。我这个熟人真的很神奇，他没日没夜地分析、研究预测大师说的每一句话，乐此不疲。我突然又想到，他刚才点了小面包和啤酒，而'小面包'和'啤酒'分别代表数字31和84，31和84也有可能中奖。"

"老公，我觉得这个预测大师今天给了特别多的信息，可能中奖的数字有点多。"

"如果一个人很有心的话，那么他一定会理解预测大师那些话的言外之意。工程师，不知道您刚才是否注意到他的下巴上有一道伤疤？"

"我也注意到了，有一个很明显的伤疤。"我说道。

"那您注意到他今天说到哪些话时摸了这个伤疤吗？当他说'沟渠''约会'或者他说'小面包'和'啤酒'的时候吗？"

"我没有注意到。"

"我也没有注意到，我应该更细致一些。一般他给人们暗示中奖数字时，都会不自觉地摸那道伤疤。"

后来，我和帕斯夸莱决定选 26，43 和 78 这三个数字，但一个都没有猜中。帕斯夸莱对我说："工程师，您不要灰心丧气嘛！彩票这种游戏最起码要坚持 3 周，您这是第一次，您得再坚持两周。"

把帕斯夸莱介绍给我的那个中间人是电力公司的总经理兼工程师卡洛尼，而帕斯夸莱正是他们电力公司的门卫。当我和卡洛尼说了整个过程后，他觉得我愚蠢至极。

"天哪，你居然和帕斯夸莱去卡尔米奈十字山找了预测大师。你可是 IBM 公司前途无量的工程师啊！你肯定被帕斯夸莱欺骗了，我都不相信你居然能做出这样的事情。我难道没有和你说过，我们生活在实证主义年代，生活在计算机的年代吗？

"嗯……"

"工程师，如果您真的对彩票感兴趣的话，那您可以和我去一趟电力中心，我让您感受一下科技的进步。两年前，我们的一个团队研究设计出了一款计算软件，该软件利用IBM 370计算机，能估算出每周六彩票可能中奖的数字。"

"这种计算方法叫作'彩色分裂法'。我举一个例子，假设下周会有 5 个号码被摇中，那么这 5 个数字什么时候会再次出现呢？"

"彩色分裂法？"

"我换一个问法：你觉得这 5 个数字中的任意一个数字将会在几周后再次出现呢？在这种情况下，中奖的 5 个数字中的某个数字将在 N 周后再次出现，那么这 5 个中奖数字就剩下 4 个了。再过一段时间，剩下的 4 个数字中的某个数字也会被再次摇中，剩下的 3 个数字再过一段时间也会被摇中，依此类推，剩下的两个数字也会被再次摇中。"

"大概明白了。"

"这个原理很简单。计算机会记录下近 90 年的中奖号码，去掉其中不经常或从未被摇中的 28 个数字。经过研究发现，下周中奖的 5 个数字，最快在接下来的第 6 周会被再次摇中，最慢的也会在第 11 周被摇中。"

"这是真的吗？"

"当然是真的。这是 FTP 软件计算出的结果。"

"FTP 软件？"

"'F'代表幸运、'T'代表技术、'P'代表坚持。"

"那你们中过大奖吗？"

"到目前为止还没有中过奖。但是随着时间的推移，这个软件分析能中奖的数字的范围也在缩小。斯卡罗拉工程师还发明了另外一种叫'急迫停留法'的方法。这种方法和'彩色分裂法'结合起来，猜中中奖数字的概率会更大。我现在就给他打电话，约他出来喝咖啡，让他当面给你解释这种理论。"

斯卡罗拉工程师给我解释了渐近曲线和大数据后，我的大脑已经是一团糨糊。"彩色分裂法"我大概还能明白，但"急迫停留法"就很难理解了。我现在只想安静地独享一杯浓缩咖啡，这时只有咖啡能使我清醒过来。

我们最后结账时，收银员找了我们一些零钱。意大利的每个城市都用独特的办法解决零钱问题，例如都灵市政府就印制了面值是 100 里拉的支票，米兰给客人找零钱时用地铁车票来代替，而那不勒斯的收银员从收银台里拿出了 1 至 99 号的小纸片，然后问道："您要抽一个彩票号码吗？如果您抽中的这个号码是下周彩票中奖的第一个号码，您会获得 6000 里拉的奖金。"

第 25 章　那不勒斯权力

> 如果有人要对最能毁灭友谊、催生仇恨的
> 东西进行系统性研究，那么他将会在"城邦"
> 制度中找到。你们去观察那些追求卓越的人之间
> 的嫉妒之情，观察对手之间必然会出现的竞争。
>
> ——菲洛德穆
> 古希腊诗人、伊壁鸠鲁学派哲学家
> 《修辞卷 II》158 页

"权力意味着为未来做计划，"教授说，"而那不勒斯充满了幻想，主要是即兴创作。嘿，瞧，咱们的工程师先生到了！工程师，今晚发生什么啦？我们已经等了您一个小时了！"

"我知道，实在是抱歉。埃马努埃尔路上交通拥挤，我被堵在路上了，所以迟到这么久。"

"几天前，"塞尔瓦托说道，"我陪着帕撒卡博士到初审法庭做了一次伪证，回来顺着萨尔瓦多罗萨路往上走时，堵车堵了一个小时！我跟你们说，整整一个小时，就堵在路

上！你们想想，就在我们等待的时候，一个小男孩过来了，他先是极力想卖给我们夹香肠的面包。见我们都快3点了还堵在路上，他对我们说，加上电话费，只要付200里拉他就愿意帮我们给家里打电话报个平安。"

"他们可真是什么都想得出来！"萨维里奥说。

"我可从来没见过像今晚这样的堵车！"我又重复了一遍，好为自己的迟到寻求谅解，"实际上，这几天的交通状况越来越糟糕。圣诞节将近，那不勒斯的街上总是挤满了前来购物的外省人。好像这还不够糟似的，塔索路今晚裂了一条大缝，通往沃梅罗的路又出现了问题。"

"您得有耐心！"教授叹气道，"工程师，您应当知道那不勒斯实际上是建在一系列绵延不断的石顶之上的。没错，先生们，那不勒斯的地下有无数石灰岩山洞和成千上万根石柱，因此，时不时地由于下雨或下水道系统排水不畅而溢流，这些石洞里就会被灌满水，有的石柱可能会掉落，就会造成路面的塌陷。悲剧的是，鉴于整个那不勒斯城是圆形露天剧场的构造——也就是我们的城市建立在倾斜的平面上，恐怕有一天我们会见证'那不勒斯城入水'。"

"不过教授，我想我的到来似乎打断了您关于哲学的对话。"

"是的，"萨维里奥说道，"教授正在谈论对权力的蔑视。"

"事实上，与其说我是在谈论对权力的蔑视，不如说是对权力的漠视。在我看来，那不勒斯人把权力视为一种辛苦劳累，因为它需要投入毕生的精力。从另一方面来说，权力的要求十分严苛，'还过得去'的努力或妥协是不够的——也就是说，它不是那不勒斯人能够接受的那种闲暇时候才想想的东西。因此我们的政客常常扯出漠不关心的那套说辞：'去你的吧，你想干什么就干去吧！'当然他们也常因此受到批评。"

"可是教授，您得承认人生确实太短暂了！"萨维里奥说，"您说如果一个人全身心投入政治，他要靠什么维持生计呢？我认为，各党派应当给它的党员们发一小笔薪水……"

"这种对权力的冷漠，"教授打断道，"使得那不勒斯在历史上从未——我要说从未扮演过帝国主义的角色。你们仔细想想，意大利的其他城市都曾有过值得夸耀的历史时期。我们先不论罗马，它自己几乎就是'帝国'的代名词。让我们以威尼斯、热那亚、米兰、佛罗伦萨和都灵等城市为例，所有城市都曾在或长或短的时期内经历过陆战或海战，它们都曾取得胜利并征服了周边民族。可是那不勒斯从来没有！比如在罗马扩张时期，甚至没人提起过那不勒斯，这是因为我们不仅没有作为侵略者出现，甚至没有扮演过反抗者的角色。简而言之，读罗马史的人甚至可能以为当时那不勒斯还不存在。其实并非如此。当时那不勒斯已经是一个人口众多的城市，只不过居民们几乎以旅游业、渔业、农业和娱乐业为生。那不勒斯人由希腊殖民者（显然是雅典人而不是斯巴达人）繁衍而来，他们为了娱乐而建造了圆形剧场、体育馆和度假屋。因此，那不勒斯没有像卡米洛斯或马可·安东尼奥这样伟大的将军，却有马库斯、帕普斯、布科和多塞努斯这样的喜剧演员，他们在有名的雅典假面喜剧中扮演角色，以给观众带来欢乐为生。尽管那不勒斯人民拥有种种美德，他们仍总是会受到邻近强敌的威胁，有时甚至会被逼到无路可走的地步。比如，当征服者马库斯到达那不勒斯时，人们为他准备了盛大的节宴；接着马库斯的敌人希莱来到了那不勒斯，对那不勒斯人民进行了严厉的惩罚；然后庞培来了，又是一场盛宴；紧接着是尤里乌斯·恺撒，他也对那不勒斯人给庞培准备盛宴而生气。"

"天哪，但我不明白，那不勒斯人与恺撒和庞培有什么关系？"

"希莱、恺撒和庞培都是掌权者，因此不理解'中立'一词的哲学含义：哪怕是最微小的偏向也足以使他们把一个民族归类为盟友或敌人。现在让我们回到那不勒斯人民和他们对待战争的消极态度上来。想想事情有多么奇怪：尽管那不勒斯是一座海滨城市，但从未有过一支真正的'那不勒斯海军'。实际上，在过去的三千年中，地中海曾被土耳其人、热那亚人、腓尼基人、撒拉逊人、威尼斯人、皮桑人、迦太基人、阿马尔菲人等统治，但从未被那不勒斯人统治过。我们只在海湾里捕捕鱼，就这样，没其他的了。"

"那卡拉乔洛将军呢？"

"他是位英才，但他当领航员可比他当司令员称职多了！"

"对此我有自己的理论。"塞尔瓦托说，"我认为，一个国家的气候越糟糕，它的人民就越倾向于帝国主义。我想说的是，如果一个人在自己的地盘待得足够舒适，他就不会想着去占领另一块土地。这或许可以解释为什么那不勒斯人从来不是伟大的征服者，而总是被征服者。"

教授说："为了证明塞尔瓦托论点的正确性，我想向你们简要介绍那不勒斯市从起源到今天的整个历史……"

"看在圣母的分儿上！教授！"萨维里奥打断道，"今晚电视上还要放电影，您却想给我们讲那不勒斯的整个历史！"

"亲爱的萨维里奥，那不勒斯的历史相当简洁，整个历史可以概括为三段：外族统治、马萨尼洛起义和那不勒斯共和国。"

"那么，究竟有多少外族人统治过那不勒斯呢？"

"这么说吧，不按年代顺序排列，我脑海中浮现出的有希腊人、罗马人、哥特人、伦巴第人、拜占庭人、诺曼人、萨拉森人、施瓦本人、安吉文家族、阿拉贡家族、西班牙人、法国人、奥地利人和皮埃蒙特人。更不用说最后一次盟军进攻，即美国人、加拿大人、英国人、摩洛哥人等的进攻。"

"天哪！难道真的所有人都进攻过那不勒斯吗？"

"到目前为止，只有俄罗斯人还没有过这个'荣幸'呢。"

"别这么说，教授，20 世纪可还没结束呢。"

"事实上，在那不勒斯建城的最初几个世纪，那不勒斯完全处于强邻罗马的统治之下。因此，当其他距离罗马较远的省份利用距离优势建立主权时，那不勒斯更愿意充当罗马皇帝后花园的角色。接着，在黑暗的中世纪之后，强大的欧洲王朝总是轮替占领那不勒斯王国。因此，那不勒斯人晚上睡觉时还处在西班牙的统治之下，早上醒来时统治者已经变成了法国人。这也是因为在4—5世纪时，统治地位强大的王朝以瓜分欧洲为乐，就像他们在进行垄断游戏：你给我两个西西里王国，我就把洛雷娜、帕尔马公国和皮亚琴察给你。不幸的是，那不勒斯在这场游戏中始终是棋子而非玩家。但从另一方面看，感谢上帝，我们的祖先从未因他们低下的国民地位而被冒犯过。他们总是心怀真诚，从不吝啬给予任何人友好而温暖的欢迎。当然，有一些国王会比其他人更受爱戴，例如游手好闲、好热闹的波旁王朝国王费迪南多一世。而他们对高效率的阿拉贡国王阿方索有些心存疑虑，甚至有些反感。不过这些统治者最后总是会被那不勒斯人同化：他们会失掉对权力的渴望，而这种渴望本可以使他们在下一个入侵者到来时，维护自己的王国。"

"抱歉，教授，"塞尔瓦托说道，"并非我不相信您讲的这些，而是因为维多利奥·帕鲁多博士回米兰去了，所以怎么说呢……您缺一位质疑者。总之，我想说我和萨维里奥都没有足够渊博的历史知识，这也不是工程师的专业领域范围，他当然也没法反对您。现在我想问：那不勒斯对世界而言，难道就没有一点价值吗？"

"我从未对你说过那不勒斯王国没有其重要性，我只是讲了那不勒斯人总与各式各样的权力不相干。我可以明确地告诉你，那不勒斯王国在 12—13 世纪可能是欧洲最重要、最发达的国家之一。处于诺曼王国的罗杰二世和施瓦本人腓特烈二世统治之下的那不勒斯拥有完备、有序的政治和行政体系，有一所著名的大学和一套完整的法律体系，各个方面都值得罗马人学习。可是这些好东西都是由腓特烈家族的德国人而非那不勒斯人提倡和推动的。当德国人离开后，这些秩序也随之消失了。"

"教授，关于马萨尼埃洛您能告诉我们什么呢？"萨维里奥问道，"他可是个那不勒斯人！"

"不对，先生，"塞尔瓦托回答道，"马萨尼埃洛来自阿马尔菲，对吧教授？"

"马萨尼埃洛是比你我血统更纯正的那不勒斯人。"教授明确道，"马萨尼埃洛，也叫托马斯·阿尼埃洛，出生并生活在那不勒斯玛卡图广场旁边的小巷子里。说他是那不勒斯人不单因为他的出生地，在所有出生在那不勒斯的历史人物、喜剧演员、政治家和艺术家中，马萨尼埃洛是最能体现那不勒斯精神的人。他和所有的那不勒斯人民一样，同时体现出爱的本能和行使权力的无能，慷慨和愚昧的矛盾性。马萨尼埃洛自己就代表了爱和混乱。可直到今天，那不勒斯市政府认为，以这位典型的那不勒斯人的名字命名一条街道或广场是不值得的，这实在是有失偏颇。"

"那么，教授，马萨尼埃洛是切·格瓦拉式的人物吗？"

"不，我们没法把马萨尼埃洛同我们认知中的任何一位革命者相类比。如果您想了解马萨尼埃洛，您首先要理解他领导的革命就像一场戏剧表演，一场史诗般的悲剧。"

"教授，您说说这场悲剧的细节吧！"

"现在所谓的'马萨尼埃洛革命'有许多个版本，说法各不相同。我们先从克罗齐的版本开始。他几乎无视了马萨尼埃洛的作用，而把革命运动归功于朱里奥·热诺伊的煽动。再到吹捧马萨尼埃洛的大仲马的版本：在他的文集《科里科洛》里，他把这位年轻渔夫拔到了和达达尼昂同样的高度。可以肯定的是，这位大英雄在当代文明世界确实拥有巨大的名声。克罗齐，就是我和你们说过的，不喜欢马萨尼埃洛的那个克罗齐曾讲道：在欧洲，人们铸造过一面印着克伦威尔的头像，一面印着马萨尼埃洛的头像的勋章。而在两个世纪之后，比利时民族革命正是从正在上映丹尼尔·奥博的音乐剧《托马斯·阿尼埃洛》的那个剧院开始的。总之，那些希望深入研究马萨尼埃洛的人只需要阅读米开朗琪罗·史基帕、卡洛·博塔和卡佩特拉特罗所写的关于他的书，或读安东尼奥·吉雷利和因德罗·蒙塔内所写的更现代也更有趣的版本。"

"萨维里奥，你听明白了吗？"塞尔瓦托严肃地问道，"你明天去塔皮亚桥下的密涅瓦书店，买下教授所说的所有书吧。"

"完全没必要，"萨维里奥回答道，"教授所讲的对我来说就足够了，对我有很大助益。教授，您别听塞尔瓦托的，您再给我们讲讲马萨尼埃洛的故事吧。"

"好。马萨尼埃洛起义，就像所有受人尊重的戏剧表演一样，都有过预先的演练。革命前一个月，马萨尼埃洛的妻子因为走私面粉而被逮捕，他一怒之下放火烧毁了玛卡图广场上的海关营。"

"一个星期后，1647 年 7 月 7 日，真正的革命开始了。众所周知，这场革命爆发的主要原因是总督阿尔克斯公爵在那不勒斯贵族的支持下，于几个月前开始征收水果税。现在的革命——至少在莫洛托夫教会我们使用瓶子以前——总是从扔石头开始，那不勒斯革命却从扔无花果开始。没错，正是无花果和脏话赶走了西班牙士兵。那不勒斯人高喊着：'西班牙国王万岁！圣根纳罗万岁！马萨尼埃洛万岁！降低税收！'攻占了王宫。"

"那水果税被废除了吗？"

"革命成功当天，马萨尼埃洛就不再满足于自己的胜利了。这也是因为他受到了空想革命理论家、前奥萨那伯爵秘书热诺伊的怂恿和调唆。后者当时正急切地寻求一种方法实现自己的政治幻想。这一半是出于他的自由主义思想，一半是由于他动脉硬化的病情，实际上热诺伊当时已经有 80 多岁了。革命随着宫廷发出的许多道邀请继续推进，这也应当被视为革命史上的新事件！马萨尼埃洛戴着有羽毛的帽子，穿着绣银丝的白羊毛衣服去见总督。一见到总督他就晕倒在其脚边——就像保罗·维拉乔扮演的弗拉基亚那样，分毫不差。恢复神智后，作为一个真正的那不勒斯革命者，他表明了自己对西班牙国王的爱戴，并答应捐献 100 万杜卡特（可他觉得他能从哪儿拿到这些钱呢？）。反过来，总督决定赠予他一条价值 3000 杜卡特的项链。马萨尼埃洛一开始想拒绝，但最后还是接受了。当他们二人一起在阳台上露面时，热情的人们兴奋到了极点，高喊：'国王万岁！马萨尼埃洛万岁！圣母万岁！'几天之后，总督的妻子阿尔克斯公爵夫人送给马萨尼埃洛的妻子 3 件礼服，并再一次邀请他们到王宫享用午餐。'柠檬水事件'就是在这样的情况下发生的。"

"柠檬水事件？"

"没错，正是柠檬水。先生们，你们要知道马萨尼埃洛的这部戏有两幕，而第一幕的结尾就是这样：马萨尼埃洛在宫里喝柠檬水。现在，历史中虽然没有记载，但关于后来发生的事一共有三种假设：要么是柠檬水里有毒，要么是宫廷里的人散布他已经疯了的谣言，要么就是马萨尼埃洛确实被权力冲昏了头脑。可以肯定的是，从王宫里出来的马萨尼埃洛已经不是原来的那个他了。厓那不勒斯的话来说，他开始演滑稽戏。马萨尼埃洛做了许多令人不可思议的事：他亲吻阿尔克斯公爵的脚；踢了马达洛尼伯爵；喊停了和他一起去大教堂的总督的车队，只为在喷泉后面小便；还自称是'尊贵的那不勒斯共和国王室大元帅'。总之，他做的事可谓'异彩纷呈'。第二幕戏像第一幕一样持续了五天，史称'马萨尼埃洛疯狂五日'。我对这件事的解释很简单：就像一个地球人在没有采取适当保护措施的情况下无法毫发无损地降落在另一个星球上那样，马萨尼埃洛，作为一个真正的那不勒斯人，当然也不能在这个他完全陌生的星球——权力的星球上呼吸。"

"可怜的马萨尼埃洛！"

"奇怪的是，在那五天的混乱中，马萨尼埃洛还分出了一部分精力来设法维持一种正义：他释放了许多此前一直被西班牙总督所迫害的绿林好汉；为了减少囚犯数量，他或赦免或随意判处死刑，做决定草率到连德拉古都会嫉妒。马萨尼埃洛不接受上诉。同时，由于缺乏执政经验，他的疯狂还在加剧，甚至到了众叛亲离的地步：西班牙人和平民们，他曾经的起义同伴都开始和他分道扬镳。他被监禁起来，但又设法逃脱了，之后待在红胭脂教堂避难。在所有人没有预料到的情况下，他走上了讲坛，向他的人民发表了最后一次讲话：

"'我的朋友们，我的人民，你们觉得我疯了，也许你们是对的，我真的疯了。可这不是我的错，是他们把我逼疯的！我只希望大家都好而已，也许这就是我脑子里的疯念头吧。之前你们都曾经是被压迫的人，而现在你们自由了。但你们的这种自由能持续多久呢？一天？两天？因为之后你们就会感到疲倦，就会躺下睡觉去了。你们也没做错，没人能永远握着枪活着。否则你们就会像我一样发疯、狂笑，或倒在地上。但如果你们想保持自由就不要入睡！不要放下武器！你们看见了吗？他们给我下了毒，现在还想杀了我。他们说得有道理，鱼贩子不可能在顷刻之间就转变成人民的领袖。可我没有任何歪心思，我甚至什么都不想要。真正爱我的人只会为我祈祷：愿你死时得以安息。此外，我还要对你们说，我什么都不想要！我空手来，也要空手走。你们等着瞧吧！'

"说完这段话，他脱下了衣服，一丝不挂。女人们发出尖叫，男人们开始大笑，马萨尼埃洛却哭了。他的演说实际上不是讲给人民听的，而是讲给上帝听的。他们又开始追捕他，最后在牢房里把他击毙了，他死的时候年仅26岁。他的头颅被砍下，尸体被扔进了水沟里。他去世之后仅几天，总督就提高了面包价格，人们这才意识到他的重要性。人们重新找回了他的尸体，又把他的头颅缝在脖子上。马萨尼埃洛的尸体被黑色天鹅绒布包裹着，12万那不勒斯人穿着白色亚麻布为他送行。"

"教授，这真是个美丽的故事！"萨维里奥说，"这段历史真令人感动，而您讲起来就好像您当时也在现场一样。"

"这就是由那不勒斯人发起的唯一一场革命吗？"

"这是唯一一个彻头彻尾的人民革命。实际上，在所谓的'最虔诚的那不勒斯'的历史上，总共有过40来次暴动和镇压，但除马萨尼埃洛起义之外的每一次都由贵族策划、操纵。我们来看看贵族反叛、马琪亚王子起义1799年、1821年和1848年革命，它们都有一个共同点：权力划分极为明显。一边是贵族和知识分子，另一边则是国王和平民百姓。"

"那不勒斯共和国呢？"

"这正是我想给您讲的第三个有代表性的历史事件。"

"好的教授，但是麻烦您讲快些。电视上那部电影很快就要播出了。"萨维里奥说。

"请原谅，教授，我们可不在乎什么电视上的电影。"塞尔瓦托不耐烦地插话道，"把电视留给那些傻瓜看去吧！请您继续讲下去，不用担心我们。"

"好，来谈那不勒斯共和国！"教授继续说，"我在讲1799年革命的时候已经提到过那不勒斯共和国，它被认为是法国大革命的翻版。然而，我们很快就能明白，它们之间其实毫无相似之处。因为，仿佛拿错了剧本似的，在那不勒斯革命中贵族与知识分子在街垒并肩作战，激进共和主义者却倒戈捍卫起了王室。"

"教授，您都把我搞糊涂了！"

"萨维里奥，我是说在那不勒斯，人们没有掀起像巴黎那样反对王室的革命，反而用尽全力支持国王。"

"为什么？"

"因为没人费心向那不勒斯人民解释过'共和国'一词的含义。整个事件开始于1798年，那不勒斯王室受了纳尔逊战胜拿破仑的阿布基尔海战的启发，决定派遣一支军队到罗马去把法国人赶走。说实话，主动出击并不是费迪南多的风格。哪怕只是为了不错过狩猎，他也不会向任何人宣战的。不幸的是，他的妻子是奥地利的玛利亚·卡罗琳娜。她憎恶穷人，憎恶自己的丈夫，憎恶那不勒斯和拿破仑，最终说服了费迪南多进攻法国人。我常想，她若是晚出生 150 年，一定能成为阿道夫·希特勒的理想妻子。总之，刚刚宣战，4 万那不勒斯士兵就在昏聩的奥地利将军马克的命令下入侵了罗马。"

"那么，就像拉齐奥对阵那不勒斯咯。"萨维里奥说。

"什么？"

"4 万那不勒斯人涌入罗马，就好像拉齐奥对阵那不勒斯的球赛时那样！"

"萨维里奥，别打断我说话的思路！"教授抗议道，"马克率领着他的 4 万士兵前进，很快就遇上了由法国将军麦克唐纳统率的法军右翼。尽管后者只有 8000 兵力，还是对那不勒斯军造成了痛击。接下来在奥特利克里附近，马克又不幸遇上了大将尚皮奥内和剩下的法军，这次失利可以说是一次真正意义上的惨败。费迪南多从第一次战败开始就再也没停止过逃亡。他乔装成贵族回到那不勒斯，带上了他的儿子、妻子、阿克顿元帅、两位汉密尔顿，还带上了王室珍宝、圣根纳罗的宝藏、埃尔科拉诺出土的文物和其他种种王宫里能带走的值钱东西，登上了前往西西里岛的第一艘船，留下可怜的、性格温和的皮格纳特利王子顶替自己。我想费迪南多大概说了诸如'孩子，你觉得该怎么做就怎么做吧！你若是想抵抗就继续抗争，你要是想签条约就签条约。不过我现在得走了，有点儿赶时间，抱歉啦！'这样的话。"

"这太不成体统了！"萨维里奥说。

"就像当时的一位诗人说的：'他来，他看，他逃走。'"教授继续道，"此时，局势似乎发展到了不可挽回的地步。但谁都没想到，此时第一个转折突然出现了：可怜的那不勒斯人民，在既没有波旁家族领导，也没有人告诉他们究竟发生了什么的情况下，忽然一反传统，开始和解放军队抗争。可怜的尚皮奥内没有见到人民夹道鼓掌欢迎的场景，反而发现自己面对着一场不可思议的游击战：每一条街，每一条小巷里都在战斗。到底发生了什么？原来被费迪南多视为极度懦弱的那不勒斯人民，甚至被玛利亚·卡罗琳娜所厌恶的那不勒斯人民，喊着'国王万岁！圣根纳罗万岁！'的口号，竟然真的阻挡住了战无不胜的拿破仑军队！皮格纳特利对此一无所知，他与尚皮奥内签署了停战协定，承认那不勒斯共和国的存在，并答应给法国军队捐献一大笔财产。与此同时，那不勒斯知识分子们开始把他们的共和国理论化。你们没必要在这份雅各宾派名单上找'卡卡齐、埃斯波西托'这样的姓氏。首批那不勒斯民主烈士名单上到处都是卡拉法、菲利马里诺、皮门特尔-丰塞卡、塞拉、桑菲利斯、卡拉乔洛、鲁沃或类似的名字，平民出身的人一个也没有。我记得的唯一一个名字是米盖尔，他被算在共和党人之列，在历史上被称为'米盖尔'或'帕佐'。"

"后来又发生了什么？"

"我们的第一批共和主义者中，空想者太多而真正从政者太少，因此无法建立一个真正稳固的共和国。也许意大利唯一一个既具备民主精神又有实践能力的人是法国将军尚皮奥内。但由于将领之间的相互嫉妒，帕尔特诺共和国不幸地失去了它唯一的、勇敢的守护者——目光短浅、没有远见的执政内阁被卑劣的福伊普尔所蒙蔽，命令尚皮奥内回法国受审。与此同时，主教鲁福以国王的名义带领着十几个人在勒佐卡拉布里亚附近的佩佐海岬登陆了。这位鲁福是一个伟大的战士，聪明、勇敢，还是个出色的演说家和优秀的骑士。总之，他除了不像个主教之外什么都是。利用这些品质，他成功地以神圣信仰的名义召集起一支强大的军队。在与绿林联合后，他同时从北面和南面向法国人发起了进攻。接替尚皮奥内任指挥官的麦克唐纳不得不向圣根纳罗，或者说向主教佐罗祈祷，希望能借助他的力量快速地创造一场奇迹，以期引起人民的同情。可这是无用的，帕尔特诺共和国的倾颓已经无可挽回。说到圣根纳罗，你们应当知道，因为他在法国人面前显灵，那不勒斯人决定'罢免'他，选择了圣安东尼奥做那不勒斯的守护圣人。贝内德托·克罗齐说，那不勒斯人是如此恼恨圣根纳罗对法国人的支持，以至当时加泰罗尼亚街上出现了一幅描绘圣安东尼奥鞭打圣根纳罗的场面的画作。不过，人们没法对他怀恨太久。在维苏威火山的又一次小小喷发之后，圣根纳罗立刻恢复了其守护圣人的地位。"

"那不勒斯共和国最后的结局是什么呢？"

"哦，结局很糟糕！主教鲁福占领了那不勒斯，包围了帕尔特诺共和国的爱国者们最后的堡垒——圣埃尔默城堡和蛋堡（法国人见势不妙，已经溜之大吉）。总的来说，鲁福还算是一个重荣誉的人，承诺会饶恕所有革命者的性命。要不是玛利亚·卡罗琳娜王后、党卫军和她可敬的朋友，艾玛·里昂·汉密尔顿夫人——根据短裤文《失足的女人》所说——说服了纳尔逊撕毁了赦免约定，毫不留情地杀死了整个王国最有智慧的人。"

"这帮傻子真可怜。"

"选择这三段历史，我觉得我们可以透过人民在这些事件中的举动找到那不勒斯灵魂的核心。在外族统治、人民起义和知识分子的革命这三种不同的情况下，人民采取了同样的行动：在这三种情况下他们都没有选择权力。人们被动地接受外族的统治，不会滥用偶然得到的权力，拒绝搭乘知识分子发起的社会起义的大巴。他们战斗仅仅是为了维护最基本的利益或是出于对国王和神圣信仰的爱。现在我们必须问自己的问题是：我们到底是个充满爱的民族，还是个愚昧的民族？这两个假设之间的联系太过于紧密，这让我们很难得出一个确切的结论。"

"教授，那不勒斯人对权力无动于衷，会不会只是由于水土原因呢？比如在那不勒斯，我们喝的这种来自塞利诺的水，也许有平心静气的作用。想想看，当一个人在那不勒斯正预谋毁掉半个世界的时候，口渴喝了一杯水，然后，他的愤怒就像雪在太阳的照耀下融化那样奇迹般地消失了，难道不是吗？"

"塞尔瓦托，大概只有在天上那不勒斯才能生产出这么神奇的水！要是那样的话，我们一定会把它装瓶，再卖到世界各地的市场里去！"

"教授，那我们可就变成生产大国啦！"

"噢，上帝！不过我确实认为是空气里的什么东西抑制住了人们的野心，不然汉尼拔、西莱斯廷五世和雷纳托·卡罗松的事儿就没法解释了。"

"汉尼拔和卡罗松的事指的是什么呢？"

"汉尼拔穿越了半个欧洲来攻打罗马，同所有的大象一起跨越了阿尔卑斯山，赢得了最惊人的战役。可当罗马近在咫尺时，他却在卡普阿停了下来，说想先休整几个月。另一方面，西莱斯廷五世做出'重大拒绝'的时候也在那不勒斯。不知你们是否意识到了，西莱斯廷五世拒绝的可是教皇的职位——那个时代最稳固、最令人渴求的职位。最后，雷纳托·卡罗松在他名望最盛的时候选择了放弃艺术道路，理由是觉得自己已经赚到了足够的金钱。"

"教授，我认为那不勒斯人也有野心，只不过没有那么夸张。"萨维里奥说道，"那不勒斯就是一个在野心方面非常有节制的社会。我不知我是否说明白了。"

"萨维里奥认为，"教授说道，"那不勒斯人的举动就像是他们的脑子里装了一个控制心理的阀门一样。它就像一个继电器，一旦压力即心理负担达到了一定值就会自动弹起。"

"您说的'阀门'是什么意思？"

"萨维里奥，这就和热水器内部的情况一模一样：水被不断地加热，当它到达一定的温度时，一个简单的恒温器就会关闭热水器。"

"明白了。"萨维里奥说，"你们是想说，那不勒斯人，就像热水器一样，也会头脑发热，但只要到达一定值，他们脑子里的阀门就会启动并说：'这事情和你有关系吗？'"

"在我看来，这是有序和无序的问题。"路易吉诺说，"秩序带来权力，而无序产生爱。你们设想一下，如果希特勒出生在那不勒斯，想从这里出发征服世界，他首先就无法找到很多像艾希曼那样愿意执行命令而不提出任何反对意见的人。然后，咱们没必要自欺欺人，要实现希特勒著名的'最终解决方案'，他需要一个我们那不勒斯人永远都无法为他提供的组织。"

"的确，杀害五六百万犹太人一定是够困难的！"

"将会出现令人难以置信的场面。"路易吉诺继续说，"让我们假设某一刻希特勒下令把一卡车犹太人从一个叫弗拉塔马吉奥的集中营运到位于阿尼亚诺的焚烧炉去。在路上，卡车司机，那不勒斯党卫军肯定会开始和坐得离他最近的犹太人交谈。他可能会说：'可是，是谁让你生来就做一个犹太人的？听我的，皈依基督教吧！'而那个犹太人可能会回答他：'生为犹太人并不是我的错。我的父母是犹太人，我的孩子们是犹太人，我们都生来就是犹太人。''那你是个父亲吗？''是的，我有 3 个小孩。''你说什么？天哪，天哪！我怎么能杀掉这个可怜人？等我们走到没人看见的城郊路上时，就把你放走，你下车去吧！'就这样，那不勒斯纳粹党就终结了。"

"路易吉诺说得有道理，这是有秩序和没有秩序的问题。"塞尔瓦托说，"因此每当我早上从小巷子里出来，看见地上仍有纸片和垃圾袋时，我总是对自己说：'看这个样子，世界一切照旧，没有发生大乱子，今天也能安心地活着！'"

第 26 章　偷车贼

"发生什么事了？"

"不清楚，我也是刚刚路过。"

"哪方面的事情啊？"

"好像是有人想偷车。"

"我都抓住他了，可是他却很狡猾，逃走了。"

"现在这世道很不太平，安安静静地过日子也太难了。"

100 多个人挤在集市广场附近的一家玩具店门前看热闹。我本来想早点回家休息，但是按捺不住好奇八卦的心，停下了回家的脚步，挤在人群中想一探究竟。

"发生了什么事情？"

"这个问题你已经问两次了，我也是刚刚路过这里，也没搞明白具体情况。你有点儿耐心，一会儿就知道细节了。"

事实上，只有挤在人群最前面的人才知道具体发生了什么，我和旁边的那位先生挤都挤不进去。他们从当事人嘴里打探出点儿消息，然后再你一言我一语地传给其他人。但是，大家的说法都不一样，也不知道谁真谁假，我们费了九牛二虎之力终于挤到最中间时，看到了一个个子不高、戴着眼镜、皮肤和头发都是红色、手里拿着足球的中年男子。他的情绪十分激动，向路人讲着他的遭遇。

"那个浑蛋要是没有逃走的话，我一定要亲手杀死他，我差一点儿就抓住了。"

"到底发生了什么？"一位刚刚路过这里的先生好奇地问道。

"这个城市已经不是以前的那不勒斯了。我们就应该像加里·库珀，只要一出家门，随身带着枪防身。这不快要过圣诞节了，我就去旁边那家玩具店给我外甥买一个足球，打算放在圣诞树下，但我忘记锁车门了。离开还不到一分钟，有个浑蛋居然想偷我的汽车。"

"您下车居然不锁车门，然后抱怨那不勒斯到处都是小偷、浑蛋？"

"那有什么关系，我就离开一分钟的工夫。当我发现忘记锁车门，赶快就买了这个足球，结账的时候还盯着汽车，就怕发生什么事情。"

"不管您怎么说，不锁车门就是给小偷留下了可乘之机。"刚才的那位先生接着说道。

"瑞士人就不知道锁是什么玩意儿，因为那里根本没有小偷，并且瑞士的监狱里空无一人。"

"我刚才正打算在米那莱玩具店给外甥菲路奇买个足球，进入商店后就发现忘记锁车门了，所以就一边买东西一边盯着汽车。当我排队付款时，还拜托排在我前面的那位女士让我插个队，人家也很热心地帮了忙。这位女士就可以做证，我说的都是事实。"

"我可以做证，这位先生说的都是实话，我还专门让他插队先付款。"旁边的一位女士说道。

"我掏钱包付款时，突然看到一个浑蛋鬼鬼祟祟地打开了车门，然后我就立刻冲出了商店，还把这位女士给绊倒了。"

"就是，这位先生慌慌张张地跑出去时，还把我给绊倒了。"那位证人女士接着说。

"要不是旁边一位好心的小伙子把我扶起来，我现在都不知道在哪里呢……"

"我不顾一切地冲出商店，还不小心绊倒了这位女士，本来想把那个偷车贼抓住，万万没有想到，他的身手就像鳝鱼那么敏捷。我都抓住了他的脚，但是他满身大汗，皮肤太湿滑了，所以就狡猾地从另外一个车窗里逃跑了。"

另外一位目击者插嘴说："那个小偷一看就是惯犯，身手太敏捷了，很狡猾地从车窗里逃出来，一溜烟地就跑进了附近的小巷。等车主反应过来、回过神时，小毛贼早已不见踪影。"

"天哪，我简直快要气死了！我车里的收音机已经被偷5次了，5次啊！保险公司现在都烦透我了，那里的职员最后一次居然很粗鲁地对我说：'先生，您车里就别安装收音机了。您安装了收音机，没过多久就被小偷偷走了，反正下次他们再偷走您的收音机，我们保险公司也不会赔偿了。'你们听听这说的是人话吗？我开车听音乐的乐趣就这样被他们剥夺了。我现在只有一个愿望：只要能抓到那个偷车贼，我会毫不留情地对他拳打脚踢。刚才那个浑蛋要是被我抓到的话，他一定没有好下场。"

"您说得完全在理。如果法院对这种人不判死刑的话，我们也不会饶过他。"

"以后遇到这些偷车贼，就让他们成为过街老鼠，人人喊打。"

另外一位老先生说："这些小偷简直毫无人性，一帮小混混居然明目张胆地在教堂前抢劫了 70 岁的寡妇圣托伽妮。他们想抢她的包，她死活都不肯松手，最后活生生地被拽倒在地，在马路上被拖了很长一段。"

"话说回来，警察也真没用，需要他们的时候就根本看不到人影。"

"他们只会给汽车贴罚单，如果真遇到了盗贼，他们就假装什么也没有看到。"

"话也不能这样说，警察还是会抓小偷的，问题是把小偷抓起来之后，没过几天就又放出来了。意大利的司法系统很畸形。"

"发生什么事情啦？"一位刚刚路过的女士好奇地问道。

"有人想偷车。"

"这个小孩是谁的？"

"帕斯卡立诺，你在这里做什么？"

"太太，麻烦您看管好自己的孩子，商店里的玩具是不能随便碰的。"米那莱玩具店的老板不满地说道。

"那最后抓到偷车贼了吗？"

"哎，那家伙太狡猾了，居然从我手里逃走了。"

"这里怎么了？"又一位刚刚路过这里的先生问道。

整个故事的主人公，那位戴着眼镜、手里紧紧地拿着刚刚买来的足球的中年男人，沉默了数秒钟，似乎想制造一些悬念，然后才张口对刚刚经过的路人说："我去米那莱玩具店给我外甥菲路奇买一个足球，但是忘记锁车门了。"

"您居然在这个地方忘记锁车门？"

"天哪，我也没有离开很久，车子就停在了玩具店外边。再说了，我进入商店后也一直盯着车，我甚至还拜托排在我前面的女士让我插队先结账。"

那位女士赶快说道："这位先生说的千真万确。正当他结账时，却发现偷车贼爬到了车里。"

"我一发现不对劲，就赶快跑出来，还绊倒了这位好心的女士。"

"是啊，我直接被绊倒在地上了，要不是旁边的那位热心小伙子扶我起来，我都不知道现在在哪里。"

"我不小心绊倒了这位女士，不顾一切地冲到车里，抓住了那个浑蛋的脚。但那浑蛋身手十分敏捷，就像一条鳝鱼，最后逃走了。"

正当主人公不厌其烦地向路人讲述着自己的不幸遭遇时，人群突然变得十分安静，一个大约 14 岁的男孩和一个 1.8

米高的男人突然走向人群。

　　"刚才发生的那件事情中，这个孩子把一条金项链落在您车里了。项链是他妈妈留给他的唯一纪念物，您现在能把车门打开吗？"1.8米高的中年男人用一种盛气凌人、不容商量的语气问道。

　　"好的。"车主战战兢兢地回答。

　　"你去车上拿吧，这位先生不会把你怎么样的。"那位中年男子对小毛贼说道。

第 27 章　人生平分线

今夜树影婆娑

在夜色中摇曳着纤臂

向大地诉说衷情

而我听到了它的诉说

那都是老生常谈的话语

却早已被你们遗忘

那旅途中的同伴

无论是凋零枯木还是苍翠绿树

现在在铁笼中被运向远方

——伊格纳齐奥·布蒂塔，1968

　　"假期就这样结束了。"教授对我说，"工程师，不知道您是否也有这样的感觉，人们还没来得及祈愿圣诞节的到来，它就已经过去了，只好等明年了。这就好像日子不会再重复：每天如一，都有 24 个小时。看起来几乎每一天都要较前一天缩短了，也许只有千分之一秒，但的确是缩短了。时间加速的假设不是我假想的，而是荷兰天文学家德西特提出的观点，他认为日子在一天一天地缩短，因为宇宙正处于收缩阶段，并非像大部分科学家认为的处于膨胀阶段。德西特还提出宇宙加速的碰撞和收缩会使它有一天彻底消失。对我们而言，维多利奥·帕鲁多博士几天前就离开了，您明天也要回到罗马，像往常一样，留在那不勒斯的就只剩下我、路易吉诺、萨维里奥和塞尔瓦托了。工程师，如果您觉得我太啰唆了，请打断我。这的确是我的一个大毛病：说起话来总是滔滔不绝，不给别人插上半句话的机会。

"好在我说完后总担心自己讲得不清楚，怕把听者搞糊涂了，因此我会习惯性地进行概括总结，把观点说得明明白白。就拿那次关于爱和自由的讨论，或以漠视权力为例，当然其他具有争议的话题也可以。在讨论阶段，如果听者不能根据他的传统思维对我进行分类，那事情对我来说就相当不利了，我会被看成一个一心怀念那个不存在的、只属于漫画和明信片上的那不勒斯的游吟诗人，或是被认作一名投机主义者，一位滥用职权者，对政治漠不关心的人。但没有任何人想到这其中也许深藏着基督的启示！总之问题就在这里：如果我们想要真正地生活，就应该设法让我们的头脑和内心都运作起来，让自己走在人生的平分线上。

"这个人生秘诀也很容易记住：爱和自由，各占一半。在我曾经画过的图示里，您一定记得想要走上这条平分线，唯一的方法就是要平衡爱的冲动与自由的冲动。现在我也会时不时地问自己：我是自由的吗？或是我认为自己是自由的吗？你们看到的我是像别人希望的那样在说话、思考与行动吗？另外，权力也是必不可少的，它要么像独裁统治那样以显而易见的方式呈现，要么通过种种制约而细微地表现出来。

　　"自由就意味着能够用自己的大脑进行理性思考，而不受流言蜚语的影响。但这并不是一件容易的事！如果某一天一个人不再跟随大流，如果一个人拒绝在游行队伍中重复那些接连押韵的口号，如果一个人每次买东西时都要反问自己：'我是真的想要买它吗？'或是'权力决定了我现在必须买这个东西'……或许这时我们就能够找到一条自由之路了。

　　"究竟是谁在操控权力呢？有的人认为是资本，有的人认为是美国，但这两类人都站在了一个错误的维度上。中情局和大型跨国企业都只是权力的小小缩影但并不是权力本身。事实是，我们自己才是权力的主人，是我们自己怀着发号施令的渴望，向这个世界投入了数十亿的权力分子，直至创造出一个抽象的、非道德的、徘徊在我们身边的巨怪。我们怎么做才能让它停止对我们的控制呢？我们怎么做才能捍卫自己呢？这并非易事，因为权力在我们尚是孩童时就开始控制我们，等到我们能隐约窥见真理时，我们醒来了却发现已经坐上了一趟行驶中的列车：自己习惯的列车。

　　"周末，轿车，所有我们购买的、提防被贼偷走的物品，总之就是我们称之为'自己人生的财富'的东西都在阻止我们下车。最后我们不再是孤身一人停留在这趟列车上，我们同妻子、儿女在一起，你怎么能忍心带着全家人一起跳下这趟飞驰的列车呢？设想一下，如果你的妻子坚持要去著名的斯梅拉尔达海岸度假，或者你的女儿强烈要求买一辆摩托车，你会怎么做呢？你是会抛下她们独自跳下这趟列车，让她们听天由命，还是开始加班加点赚钱满足她们永无止境的欲望呢？

"在这一切发生之前，有必要展开一场和权力的拉锯战，就像基辛格所说的'一步一步来'。当一个人今天拒绝了一份工作，他明天也许就会拒绝一枚奖章，就这样，从一毫米到另一毫米，他便不断地向自由之轴靠近。电视机让你心烦意乱，那就扭过头不要看它。今天是一个大晴天，那就不开车，走路去上班。简而言之，权力总是作用于普通大众，因此我们要避免做的是不从众，不随波逐流。我的这番话并没有种族主义的意思，因为对自由的冲动驱使你远离人群，那么从另一方面来说，对爱的冲动又会把你带回到人群中。因为人群可以被看作一个单独的、特别的整体，它由百万个不同的脑袋或者说百万个生命体组成，这取决于我们是用权力的眼光来看待它，还是怀着爱与自由的胸怀来看待它。

"人不能完全用左派和右派去定义，当我与一个人产生交集时，我唯一感兴趣的就是知道他是一个集体主义者，还是一个利己主义者，这十分重要。比如说，有些人就认为所有人都是邪恶的。托马斯·霍布斯就是这群人的先知，他也崇尚独裁专政。还有一些人追求民主，因为就像卢梭所说的，他们相信人性本善，只是后来被社会制度腐蚀了。在我看来，我们可以说大部分的人都有着善良的灵魂，只有一小部分罪犯心中才怀有仇恨。也许有一天我们会认同洛伦兹的观点，即暴力是社会有机体的产物。也许到那一天，我们需要解决问题时，就是简单地在卡片上写'司法监狱'或'医院'。

　　"在我看来，今天真正的问题并不是对恶人的治愈，无论是从医学临床角度还是从司法角度，社会总是在与他们抗争，我们真正要做的是在人们心中培育善良的种子。我觉得，人们不是邪恶的，但也没好到哪里去。人们又是渺小的，因为中规中矩而渺小，因为几乎没有信仰而渺小。然而，总有一股对神秘的强烈渴望深藏于人的灵魂之中，尽管人们未必能意识到。占星学家、纸牌占卜者和女巫从没有像在这个时代这样走运过！任何人，只要乔装打扮成一副先知的模样，就能不费吹灰之力地找到一群迫切地渴望预知自己未来的人，尤其是女人、文盲和毕业生。

　　"教会并没有意识到这是一个潜在的非理性的源泉，或者说，教会没有充分地利用这一源泉，利用它来让数十亿立方米的信仰之泉流向干涸的平原。恰恰相反，数世纪以来教会总是能将自己置于困境，在正确的时间赶走真正的圣徒。就算是若望二十三世时期，他的神学家们围坐在圆桌边讨论手淫是否可以被容忍，也许他也不知道，他的一个行为举止，一个关于爱和贫穷的举动，都会拖垮一群深陷绝望仅剩信仰的人。如果一个中世纪的主教要求一个 1976 年的基督徒只能为了绵延子嗣而结合，后者怎么能够认同？当我们这一代人去世后，唯一会谈论性的将是哪一群人，是神父吗？拜托了，让我们严肃一点，要记住，当我们谈论基督时我们主要谈论的是上帝的仁爱。帕斯卡尔之前说过，信上帝，就是要坚定地相信上帝的存在。他只爱上帝，一种神秘的、过度的只对上帝的爱，他却从不爱人！柜信上帝，也就是拥有信仰，这足以成为珍贵的个人财富。但是只有对身边人的爱才能解决现实生活中的现实问题，这样做也不是为了获得嘉奖，而是为了给我们的存在赋予意义。

"比如说，我的母亲，也许就是有信仰和对他人的爱的支撑，让她在年迈之时也能平静地看待各种问题。她那时已经有 80 岁高龄了，在她的房间里有一个大理石托架和祷告的跪凳搭成的小祭坛。她在墙上贴了所有她喜欢的圣人、耶稣之心还有那些被她称作'我死去的人'的照片。她每天都要为亡灵们吟唱数百首安魂曲，为每一位亡灵做祷告，而每一位亡灵都有一张小照片贴在墙上。在她人生的最后一段时间，需要纪念的亡灵变得越来越多，因为她不仅仅为我们家族的逝者祈祷，每当她知道她关心的熟人去世了，她就把这个人加入她的祷告名单中。

"我还记得我母亲曾保留着马里奥·利瓦和玛丽莲·梦露的照片。'可怜的姑娘，'她曾这样说道，'你死得太可惜了。'除了最后的那几年，她都习惯在早晨去教堂参加集会，有时候我在阳台上看到她缩着手在马路上渐行渐远。最奇怪的是，我母亲真的越变越小了，她的身形真的变小了，就好像她日复一日地祈祷，就能搬进那个属于圣人和无名死者的小天堂。有时候我觉得我母亲不像其他人一样离去了，她只是渐渐缩小直至消失不见了。

"我刚才提到了爱、上帝和身边的人，我突然意识到自己是一个自由的人，这就是我的不一致性。我想要去爱别人，但我的妻子和女儿都不理解我。对她们来说，我就像一个火星人，一只动物园里的异国动物。她们也许认为年龄的增长让我变得一团糟，她们得像忍受家庭疾病一样忍受我。她们好像拥有一种人生笃定感，这种笃定感构建在她们做每件事时都要遵循一个原则：这件事可以做；这件事不能做；这件事必须得做，否则'你就惨了'；'如果不这样做那就坏了'。最后一句话决定了我们生活中的大部分行为，甚至在这句话面前，人们没有想过'自由'这一问题。那些必须准备的礼物、哀悼仪式，已婚的女人必须要带领家人去慰问、祝福，要用刀叉享用鸡肉、用刀叉享用鱼肉就不行，妻子必须怀孕等都是绝大多数人生活中必须要做的事情，否则就是'如果不这样做那就坏了'。如果按照我妻子的说法，我就不应该邀请塞尔瓦托和萨维里奥来我家中，极少时候也包括路易吉诺，因为'如果我这样做那就坏了'。您和维多利奥·帕鲁多博士可以来我家，因为你们都上过大学，都是知识分子。我妻子看《豹》《教父》和《大白鲨》，把肖邦和叔本华做比较，她会去健身房减肥然后去电影节消遣。当她看到一颗星星滑落，脑海中闪过的第一个念头就是要学会桥牌，因为人们都说这是一个有益于身心的游戏。另外，我女儿自称是一名不可知论者，一名理性的女性主义者，但只要她刚认识一个中意的年轻人，做的第一件事就是问对方的星座。如果对方说'我是狮子座的'，她就立刻说：'狮子座吗？我就知道！'我给我的女儿取了一个非常美丽的名字：阿斯巴斯娅——与伯利克里的一名宫廷女官同名，她是历史上最美丽也最具有智慧的女性之一，但我的女儿并不喜欢这个名字。'可怜的小姑娘，这个名字怎么就让你不开心了呢？'她妈妈曾这样问道。现在，她和同龄的成百上千个小姑娘用一个相同的名字：巴特莉娅。昨天巴特莉娅买了一只芬迪的帆布包，她说：'爸爸，你看到所有的这些F了吗？这是一个名牌包，所以它卖得更贵。'这些都是一系列事情的各个阶段，其最终的逻辑都是宇宙的统一性。

"假设耶稣要重返人间，那他要怎么做才能抵达人们的内心呢？他的使徒们又要怎样做才能捍卫他们的圣子呢？是像耶和华见证人的成员一样站在红绿灯旁分发传单吗？答案是否定的，今天的耶稣，身处一个人口众多、日新月异的新世界，他如果想要自己的声音被大家听到，就只能出现在20点30分到21点的电视节目上。他也不需要创造出伟大的奇迹了，只要有一个足够强大的电线基站和一帮技术专家就够了。随着电视媒体技术的日益完善，人们已经很难把奇迹和电视里的把戏区分开来。如果耶稣真有这个机会，他应该说些什么呢？他可能会像福音书中写的那样说道：'吾乃世界之光，我以真理的名义告诉你们……'然后他可能会停下，

用痛苦的目光看向镜头，用低沉的声音对坐在电视机前的观
众总结道："祝福你们，这些不亲眼看见我就信仰我的人。'
人们也许会想到某种广告手法，或是联想到卢卡·隆科尼。"